彩雲国物語

想いは遙かなる茶都へ

雪乃紗衣

13524

角川ビーンズ文庫

目次

彩雲国物語

想いは遥かなる茶都へ

ものがたり

◆彩八州から成る彩雲国の若き国主・劉輝は、即位直後から仕事を放棄する昏君(ばかとの)。そんな王様の教育係になった秀麗は、貴妃として後宮に入り、王様改造計画を実行する。

◆心を入れ替えた劉輝のもと、女性の受験を認めた官吏登用試験が始まり、好成績で合格した秀麗は、国内初の女性官吏に。

◆過酷な研修期間を終え、茶州に赴任することになった秀麗だが……

彩雲国組織図

ここに表したものは概略図です
[　　]…人名

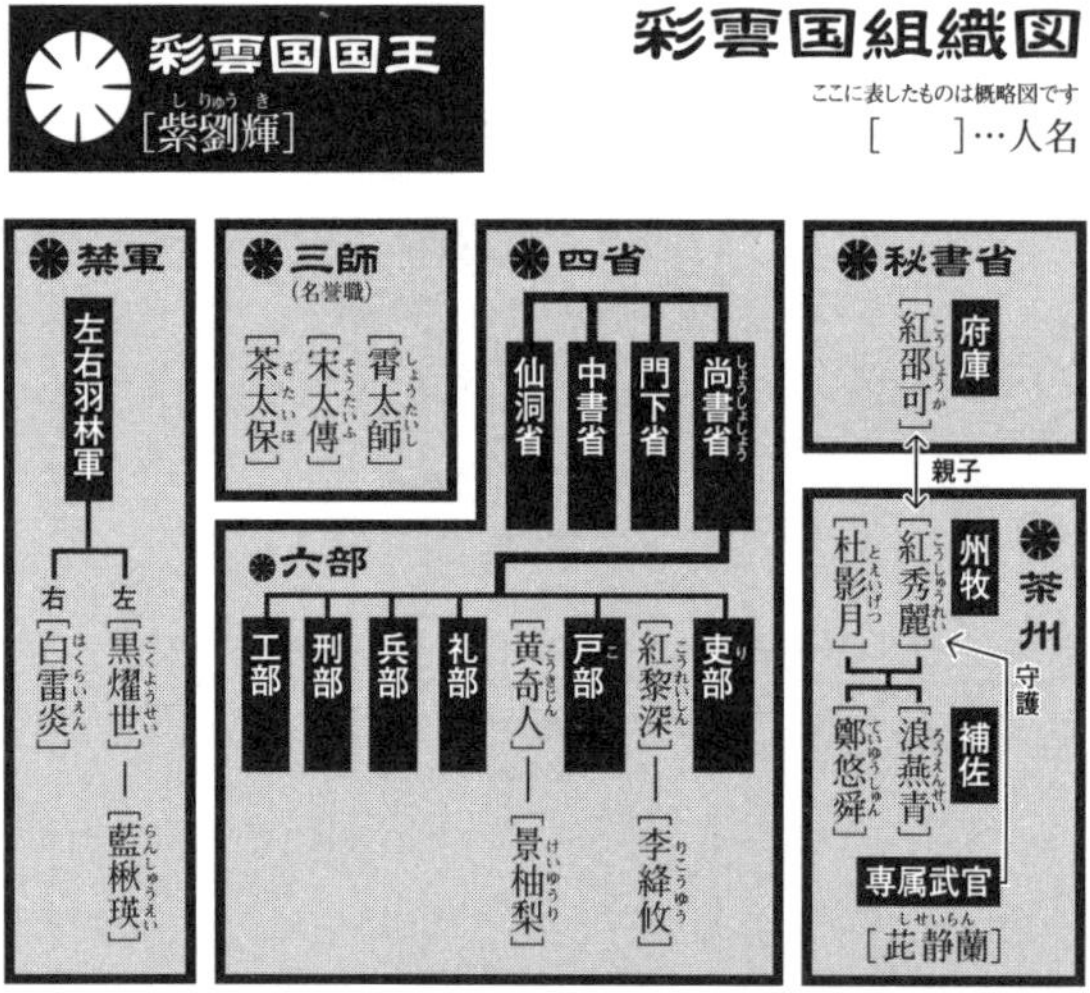

紅秀麗《こう しゅうれい》

名門・紅家のお嬢様。
貧乏暮らしのおかげで庶民派のしっかり者に育った。

紫劉輝《しりゅうき》

彩雲国国王。秀麗が好き。
昏君（ばかとの）のふりをしていたが、現在は賢君に。

茈静蘭《しせいらん》

紅家に仕える家人。
秀麗のお守り役でもある。
過去を捨てて生きる青年。

浪燕青《ろうえんせい》

元・茶州州牧。
左目の下に傷をもつ豪傑。
静蘭とは旧知のようだが…。

紅邵可《こう しょうか》

紅家のあるじ。秀麗の父親。
家事が苦手で家計に無頓着な浮世離れした好人物。

杜影月《とえいげつ》

秀麗と同期の少年。
史上最年少の状元及第者で、秀麗とともに茶州へ赴く。

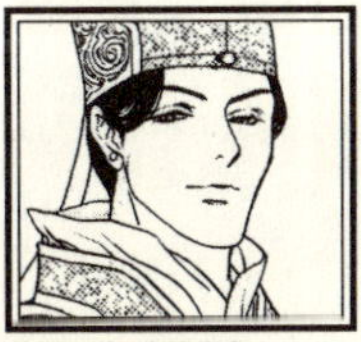

紅黎深《こう れいしん》

邵可の弟。吏部尚書。
兄と姪をこよなく愛する。

香鈴《こうりん》

茶太保の妻・英姫に仕える少女。

イラスト／由羅カイリ

本文イラスト／由羅　カイリ

一面、朱《しゅ》に染まっていた。

そこが屋外であったなら、赤い雨が降ったに違《ちが》いないと思っただろう。でなければ、今日家族の肖像《しょうぞう》を描《えが》きにくるという評判の絵師が、過《あやま》って絵具をぶちまけてしまったのだと。そう信じたはずだ。けれど。

これは、なんだ――と、少年は思った。

赤く浅い水たまりのなかに、朝まで笑っていた家族の腕《うで》や、足や、頭が、浮《う》いている。まるで壊《こわ》れた人形のようなソレは、いったいなんだというのだろう。

遅《おく》れずに戻《もど》ってきなさいと、遊びに行く前、母は少年に告げた。腕には生まれたばかりの弟を抱《だ》いて。七番目の兄弟。自分にとって初めての弟。

家族が一人増えるたび、父は絵師に絵を描かせ、飾《かざ》った。じっと立ってるのは苦手だし、口でも文句を言ったけれど、本当は楽しみにしていた。約束は覚えていたが、それでも遊び過ごしたふりをして遅刻《ちこく》したのは、照れくさかったから。

悪戯《いたずら》な自分をいつも困ったように優《やさ》しく叱《しか》ってくれた母は、なぜか衣服をほとんど着けない姿で転がっていた。その腕にきつく抱かれた七番目の弟だったものに首はなく、見れば遠くの赤い池に鞠《まり》のように浮いている。

ぴしゃん——ぴしゃん——と、絶え間なく水音が聞こえていた。とろりとした赤い液体が、倒《たお》れた卓子《たくし》の端《はし》から滴《したた》る音。

室は外より暑かった。血があたたかいって、本当だったのだと、少年はぼんやりと思った。

なのに——夏だというのに、こんなに暑いのに。

なぜ、一滴《いってき》の汗《あせ》もでないのだろう。

不意に、背後から影《かげ》が差した。

「……よーやく、最後の一人のお帰りか」

ざらりとした低い声。少年は振《ふ》り返りざま、本能的にうしろへ飛んだ。

熱い痛みが左目の下を一閃《いっせん》した。視界を赤い色が覆《おお》う。

「ほぉ、よく避《よ》けた」

少年はぬめる赤い池に倒れ込んだ。ねとついた赤い液体がはねあがり、頬《ほお》ばかりか少年の全身を血みどろにした。ゴトンという鈍《にぶ》い音と一緒《いっしょ》に、何か重い塊《かたまり》が飛んでくる。

「そら、ご褒美《ほうび》だ。お前の母ちゃんだ。父ちゃんがいいなら探してやろうか」

虚《うつ》ろに濁《にご》った瞳《ひとみ》と目が合った。べたりと、母の自慢《じまん》だった黒髪《くろかみ》が両手にからみつく。

少年は声を上げなかった。不思議と嫌悪《けんお》感はなかった。ただ、もう知らない人になってしまった冷たい母の首を抱きしめた。泣くことさえ、少年はできなかった。

じっと見上げてきた少年の目を見て、男は嗤《わら》った。

「……オレは押し入った家の住人は一人残らず殺す主義だ。だからお前を待っていた。だが、もう一つ決めごとがあってな。最初の一撃《いちげき》をかわした奴《やつ》は、殺さず運を試《ため》すことにしている」

男は少年の襟首《えりくび》を片手で引きずり上げると、無造作にその幼い右腕をつかんだ。

――絶叫《ぜっきょう》が響《ひび》いた。順繰《じゅんぐ》りに四肢《しし》を折られて少年は泣き叫《さけ》んだ。

少年を馬に乗せて男は山へと向かい、日が沈《しず》む頃《ころ》、山の中腹に放《ほう》り捨てた。

「夜になると、ここらには野犬やら狼《おおかみ》やらが出る。無抵抗《むていこう》の小僧《こぞう》なんぞ、一晩たたずに骨にしてくれるようなやつらがな。――両手両足を折ったお前は、さて、生きのびられるかね」

すでに涙《なみだ》も枯《か》れ果てた少年は、キッと男を睨《にら》み上げた。

男は楽しげに――そして酷薄《こくはく》に唇《くちびる》を緩《ゆる》めた。

「そうだ。お前の大事な家族を殺したのはオレたちだ。金目のもんも残らず頂いた。ついでに母親や姉妹《しまい》もな。……どうだ、憎《にく》いか？　殺したいか？　はは、じゃあ生きのびてみせろや」

ぞわりと、少年は総毛立った。それは恐怖ではなかった。

「そうだな、十年は、お前を覚えといてやるよ。それだけあれば充分だろ？　ただし、十年経《た》ったら忘れるぜ、浪《ろう》家の三男――浪燕青《えんせい》。お前が十五になる時までな」

沈む日を背に馬を駆《か》って消えゆく男に、顎《あご》ではいずり少年は叫んだ。

「……ろして…やる。いつかお前を、絶対、殺してやる――――！」

――あの男につけられた左眼下の傷がある限り、自分は復讐《ふくしゅう》を忘れない。

病弱な女人《ひと》だった。そして心の弱いひとだった。その美しさを武器に、他の妃《きさき》たちと伍《ご》そうなどという野心や気概《きがい》など欠片《かけら》もなかった。後宮の華《はな》となるより、どこか静かな田舎《いなか》で、そこそこ裕福《ゆうふく》で凡庸《ぼんよう》な男の妻として平穏《へいおん》に過ごすほうがどれほど幸せだったか。

——けれど彼女は王の寵愛《ちょうあい》を受けて身ごもり、そして第二公子《じぶん》を生んでしまった。

もし自分が公子でなく公主だったなら。せめて彼女の父親が権力を持たず、あれほど愚《おろ》かではなかったら。

——そして何より自分が、もう少し早く自《みずか》らの賢さと愚かさに気づいていたら。

いつか、何十年ものちに、母は小さな幸せを見つけられたかもしれない。

けれど、もはや彼女は、そんな儚《はかな》い夢を見ることすら、ない。

怯《おび》えた表情のまま、空《くう》を飛んだ母親の首を見て、少年は目を閉じた。

——愛していたかと訊《き》かれれば、さあ、と答えるしかない母だった。いつも、あなたさえいなければ、あなたを生まなければと悲嘆《ひたん》にくれてばかりいた女《ひと》だったから。

いつか庭院《にわ》の隅で見つけた末の弟も似たような境遇《きょうぐう》だったけれど、あれはどんなにひどい目に遭《あ》わされてもおのれの生母を慕《した》っていた。

そんなひたぶるな想いを、彼の小さな異母弟《おとうと》はもっていた。その弟から母親を慕うのと同じくらいまっすぐで純粋《じゅんすい》な愛情を向けられ、ようやく彼は、自分の心が永《なが》らく凍《こお》りついていたことに気づいた。愛《いと》しい——と。幼い弟に出会って初めて、彼はその感情を知った。

とはいえ、母に対する思いが変わったわけでもなかった。泣きじゃくることしかしない母の弱さを哀れみ、時には軽蔑《けいべつ》した。けれど憎んではいなかった。自分を産《う》んでくれたひとなのだ。腹違いの兄弟や妃たちに憎まれる要因となった自分の高すぎる能力を隠すには今さら遅すぎたから、ならばと逆にそれを武器に自身と母親を守ってきた。

その努力も、いま、終わった。

春も間近《まぢか》——なのに凍るように寒い冬の日だった。

この追っ手を差し向けた者たちの目論見《もくろみ》は、半分成功したといえるだろう。

自分を流罪《るざい》にするだけでは飽《あ》きたらず、確実にとどめを刺そうという兄弟や妃たちの判断は正しい。証拠《しょうこ》を残さず、すべてを賊《ぞく》の仕業《しわざ》にして皆殺しにせよという命《めい》も。

少年は刹那《せつな》の想いから還《かえ》り、長い睫毛《まつげ》をあげた。

母が死に、兇手《ころしや》に囲まれ、護送車《ごそうしゃ》を守る兵士も残らず屍《しかばね》となり、ただ一人となった。

斬《き》った相手の返り血以外、手のひらには何一つ残っていない。

少年は、何人もの命を吸って使いものにならなくなった剣を投げ捨てた。

兇手たちの気がわずかにゆるんだ一瞬の隙《すき》を、少年は見逃さなかった。彼は賊の一人の懐《ふところ》に飛びこむと、その腕を叩《たた》き折りざま剣を奪《うば》った。

かつて父王《ちち》から下賜《かし》された宝剣に比べれば、紙も切れるのかと疑うほどの粗悪《そあく》品だ。けれど刃《は》がありさえすれば充分だった。彼は一振りで二人の首をカッ斬った。

「——甘く見られたものだ。私を誰《だれ》と思っている」

その美しい双眸《そうぼう》はいささかも力を失わず。

吹きすさぶ冬の息吹《いぶき》さえ凝《こご》らせるような声は、十三という年齢のものではなかった。

「我が名は清苑《せいえん》——今まで差し向けられた兇手など百を軽く超える。殺人の技倆《ぎりょう》ならば貴様らなどに負けぬわ。この命、奪おうと思うならば皆殺しにされる覚悟でこい」

——鵞毛《がもう》のような雪が、はらはらと舞いはじめた。

刃こぼれと血脂《ちあぶら》で剣が役に立たなくなるたびに、殺した相手の剣を奪っては斬った。それは今まで御前試合《ごぜんじあい》等で見せてきた綺麗なだけの剣ではなかった。少年が生きぬくために培《つちか》い、磨きに磨いてきた、真に人を殺すためだけの剣だった。

つもる前に赤く染まって溶けてゆく雪のなかで、少年は自らの言の正しさを証明してみせた。すべての追っ手を少年は殺戮《さつりく》した。

分厚い雲に遮《さえぎ》られた薄暗《うすぐら》い平野で、モノのように屍《しかばね》が折り重なるなかで。自らもボロボロになりながら彼は膝《ひざ》をついた。全身に負った傷が、どくどくと脈打っているような気がした。荒い息は散りかかる雪を溶《と》かしてしまうほどに熱く。自分の中にこれほど熱いものが流れていた事実に嗤う。それより嗤いたいのは、なぜ素直《すなお》に殺されなかったのかということだ。

殺さなければ生きていけなかった。死ぬのは負けだった。だから殺してきた。けれど今は？行く場所もない。頼《たよ》るべきものもない。よしんば生き残ったとしても、これから先は深淵《しんえん》の闇《やみ》が待つばかりと知っていながら。なぜ、自分は全員殺してしまったのだろう。

こんな輩《やから》にむざむざ公子たる己が命をやるのが許せなかったか？　ならば今この場で、自らの手ですべてを終わりにすればいい。それとも醜悪《しゅうあく》な権力争いを繰《く》り広げる異母《はは》や兄弟たちの思惑《おもわく》通りにことが運ぶのが許せなかったか？　――しかし死んでしまえば、もうどうでもよいことではないか。

なぜ、自分は。

生《イ》キタイと――思ったのだろう。

この自分にわからないことがあったのが可笑《おか》しくて。嗤ってみると、拍子《ひょうし》に口から赤いものがあふれた。ゴポリ、という音とともに、春の訪《おとず》れを待つ凍《こご》えた大地が新たな朱《しゅ》に染まる。腹に負った傷が、思ったよりも深かったらしい。

その年最後の名残雪《なごりゆき》のなか、かつて公子であった少年は、血と雪がまじる水っぽい血だまりの中に倒れ込んだ。

真白な雪影のなか、近づいてくる誰かを見たのを最後に、彼の意識は途切《とぎ》れた。

それからが真の地獄《じごく》のはじまりということなど、知るよしもなく。

序章

「そろそろ、燕青《えんせい》が帰ってくるころですね」

書きものの手を止めて、彼は窓の外に広がる昊《そら》を見上げた。

座ったままでいるのは、足があまり役に立たないせいだ。昔はそれでひどく絶望した時もあったが、今はそんなことを思い悩《なや》む暇《ひま》もない。今の仕事で出会った、自分よりずっと年若い上司のおかげで。

その彼が帰ってくる。この城の、新たな主《あるじ》を連れて。

「さて、どんな主がくるものやら」

くすりと、彼は優《やさ》しく笑った。そして卓子《たくし》の隅に置かれた二通の書翰《しょかん》を取り上げる。

「ふふ、あの黎深《れいしん》と鳳珠《ほうじゅ》から、まさか『くれぐれもよろしく』なんて便《たよ》りをもらう日がくるとはね。それにしても合間に一行『お前は無事か』くらい入れてくれてもいいでしょうに」

訊くまでもないから書かないだけと知っているけれど。それくらい筆無精《ふでぶしょう》なのだ彼らは。

筆をとり直した彼は、山のように積まれた書翰に目を通し、次々と筆を入れた。それがあらかた終わると、硯《すずり》のそばに置かれた印章に朱色《しゅいろ》の印泥《いんでい》を塗《ぬ》っては捺《お》してゆく。

それは茶州《さ》府州牧代印。彼が茶州府の正当な執政者《しっせいしゃ》代行であることの証《あかし》だった。

彼の名は鄭悠舜《ていゆうしゅん》。茶州府州牧《しゅうぼく》補佐であり、十年、浪燕青の右腕《みぎうで》をつとめた能吏《のうり》。

悠舜はもう一度窓のほうを見た。四角く切り取られた昊の手前には、頑丈《がんじょう》な鉄格子《てつごうし》がはまっていた。

◉　◉

「行ってしまったねぇ」

初夏の香《かお》りをふくんだ風を受けながら、楸瑛《しゅうえい》は彼らが旅立った方向へ目を眇《すが》めた。

絳攸《こうゆう》は腐《くさ》れ縁《えん》の友人の珍《めずら》しく浮《う》かない表情《かお》を見て、執務《しつむ》の手を止めた。

「お前らしくないな。秀麗《しゅうれい》には静蘭《せいらん》と燕青がついてるだろうが」

「ああ…うん。いや、実は気にかかってるのは静蘭のほうでね」

「静蘭？」

「話したかな。私は九年前、消えた清苑公子の足どりを追ってみたことがある」

「……初耳だ。藍《らん》家がそんな頭の悪いことを目論んでいたとは」

絳攸の瞬時《しゅんじ》に悟《さと》った受け答えに、楸瑛はさすが、と笑った。

「まあ、藍家《うち》にもイロイロいるって話だよ。どこだってそうだろう？　清苑公子を担《かつ》ぎ上げて内紛《ないふん》を拡大しようなんて気はさらさらなかったが、そういうのをいちいち潰《つぶ》して歩くのも面倒《めんどう》だから適当に捜索《さが》しに行けって、兄たちに言われてね。当時十六歳の紅顔の美少年だったこの私は、供もつけてもらえずに一人放《ほう》りだされたんだ」

「……厚顔の間違《まちが》いだろ」

「おや、美少年は認めてくれたわけだ。……まあ、私も個人的に会いたかったから、結構熱心に捜《さが》したんだよ。私は、いつか彼に仕えたいと思っていたから」

無言で見上げてきた友に、楸瑛はちらりと笑った。

「本当は、私は彼の側近になるべく送り込まれるはずだった。そして彼を王にするために」

「……楸瑛」

「昔の話だよ。清苑公子は藍家の後見がつく前に流罪になった。すべては終わった」

かつて、まだ少年だった頃の楸瑛が唯一《ゆいいつ》負けを認めた相手。だが統治者としての才能を活《い》かしきれぬまま、聡明《そうめい》な公子は歴史の表舞台《おもてぶたい》から去った。

「でもね絳攸、彼の流刑地《るけいち》がどこだか知ってるかい？」

絳攸は記憶《きおく》をさぐり――思わず立ちあがった。

楸瑛は遠い茶州の地を眺《なが》めた。かつての公子が流罪となったその場所を。

「公子《かれ》の足どりが途切れたのは、十四年前の冬の終わり。静蘭が邵可《しょうか》様に拾われたのは、その次の冬の初めだったと聞く。半年間――彼は茶州でどうしていたんだろうね？」

「とうとうそなたを一人にしてしまったな」

すまない、とポツリと呟《つぶや》いた年若い主に、邵可はやわらかく笑った。

府庫の古い書物の匂《にお》いが、初夏の風に運ばれてふんわりと漂《ただよ》う。

「同じことを、静蘭にも言われました。いいんですよ、これは私が望んだことでもあります。

あの子たちはもう一人で歩いていける。私は、あの邸《やしき》を守らなくては」

何にも代え難《がた》い想《おも》い出の眠《ねむ》る、そして大切な娘《むすめ》たちが帰ってこられる場所を。

そして王都《ここ》でしかできないこともある。

「そなたは、娘が危険な場所に派遣《はけん》されることを知っても、怒《おこ》らなかった」

「あの娘は官吏《かんり》です。口を挟《はさ》む気はありません」

穏《おだ》やかな顔は、真実彼がそう思っていることを告げていた。しかしそれは——。

「……それは為政者《いせいしゃ》の考え方だと、気づいているか、邵可？」

振《ふ》り向いた紅《こう》邵可に、劉輝《りゅうき》はまっすぐな視線を投げた。

老人は近ごろ気に入りの香《こう》を焚《た》かせた。馥郁《ふくいく》たる香《かお》りはふわりと、まるで生き物のようにあがる煙《けむり》とともに静かにたゆたい、ゆっくりと室を満たし、沈《しず》んでいく。

「時は、きた」

豪奢《ごうしゃ》な室の中で、売れば一財産になる細工物の椅子《いす》にゆったり腰掛《こしか》けながら老人は呟いた。

才一つで、何もかも手に入れた茶鴛洵《あに》。傍流《ぼうりゅう》の出でありながら直系男継嗣《けいし》をすべて殺して本家に成り代わった男。縹《ひょう》家の娘を娶《めと》り、前王の後ろ盾《だて》と手中に収めた中央権力のもと、茶家当主の座についたのが、彼《し》——茶 仲障《ちゅうしょう》の兄・鴛洵《えんじゅん》だった。今でこそ仲障は前当主の実弟《じってい》ということで長老格の上座を占めていたが、本来、傍系《ぼうけい》の出である彼の一族内での序列《じょれつ》はきわめて低い。ゆえに常《つね》に陰口を叩かれてきた。

くっと、仲障は老いた頬《ほお》の上に笑《え》みを刷《は》いた。

すべてを支配していた鴛洵は、遺言《ゆいごん》も遺《のこ》さず死んだ。あまりのあっけなさに、思わず耳を疑ったほどだ。あの兄が死んだ？　——ああそうだ、人は死ぬのだ。

どれほど強大な権力者であっても、時とともに終《つい》には滅《ほろ》びぬ——。

「儂《わし》には、あなたのような才はない。それでも……」

鴛洵の訃報《ふほう》ののち、当然のように一族間で当主争いが勃発《ぼっぱつ》した。この一年、水面下でどれほどの暗闘《あんとう》があったことか。だがそれも、新州牧派遣とともに終息を迎《むか》えるだろう。

新州牧をおさえ、その佩玉《はいぎょく》と印を支配した者こそ、次の茶家当主——。

「……あなたを超《こ》えてみせるぞ、兄上」

兄がこの世に遺せなかったもの。それは己《おのれ》の血を受け継《つ》ぐ後継者。兄には孫娘が一人いるきりで、問題にもならぬ。だが自分は違う。息子こそとうに使いものにならないが、それでも仲障の血を引く孫息子がまだ三人も残っているのだ。

仲障は目を閉じ、孫息子たちの顔を思い浮かべた。当主だった兄から「洵」の一字を貰《もら》ったが、彼らが引くのは間違いなく仲障の血だ。ただし長子・草洵《そうじゅん》以外は、次男の朔洵《さくじゅん》、三男の克《こく》洵《じゅん》ともに覇気《はき》に欠け、ことに三男は彩《さい》七家に名を連ねる者としての矜持《きょうじ》もないときている。だから今では仲障も、自分の後継者には剛胆《ごうたん》かつ忠実な草洵しかないと思っている。

「まず手始めに、佩玉と印の奪取《だっしゅ》と浪燕青の抹殺《まっさつ》を。あの〝殺刃賊《さつじんぞく》〟がついておれば、草洵にもそれくらいはなんとかなろうて」

ここは茶州。茶一族の縄張《なわば》り。どこに隠《かく》れていても見つけてみせる。人も、物も。

仲障は卓子の上に置かれた書状を、皺《しわ》だらけの指で弾《はじ》いた。

「新州牧か……なんの後ろ盾もない小僧《こぞう》のほうは、殺しても構わんだろう。だがもう一人」

紅秀麗。紅家直系の長姫《ちょうき》であり、あの紅黎深を後見にもつ娘。

「殺すことはできんな、あの紅家を敵に回すことになる。……だが取り込めば」

州牧と紅家直系の血、両方を手に入れられる。

「ふむ……こちらは朔洵が適任か。紅家の姫《ひめ》ならば、正妻として迎えても申し分ない。茶家の格も上がろうというものだ。次男の朔洵ならば、あとあと問題にもなるまいて」

そして三番目の孫を思い浮かべ、わずかに眉根《まゆね》を寄せた。

「あやつは」

長兄のように力強くもなく、次兄のように優艶《ゆうえん》でもない。何一つ取り柄《え》のない末弟。

「……まあ、よい」

椅子に深く座りなおす。そしてゆったりとした溜息《ためいき》をついた。思うは兄のことばかりだ。

「儂は凡庸だ。あなたとは違う。だが特別に生まれついた者だけがすべてを支配するなど、儂は認めん」

紅藍両家を凌《しの》ぐ地位にのしあがり、先王の覚えもめでたく、茶家の当主にまでなりあがった鴛洵《あに》。そのうえ七家に次ぐ伝統と格式をもつといわれる神祇《じんぎ》の血族、縹家の娘さえ妻に迎えた。

――才一つで、何もかも手に入れた兄。そして常に日陰《ひかげ》の身だった自分。

「血を分けた兄弟が、才一つでこれほどの落差か。権力を求め、地位を求め、名声を求める愚《おろ》かで穢《けが》れた欲は同じだったというのに。天が気まぐれに落とす幸運を享《う》けたか否《いな》かで将来《さき》まで決まるなど、冗談ではない」

ぎらり、と仲障の老いた目が野心に輝《かがや》く。

「時は来た。すべてを覆《くつがえ》し、儂が茶家の当主になってみせよう。鴛洵《あにうえ》の血なぞ、残る孫娘を片づけてしまえば絶《た》える。だが儂は死んでからもなお血を残してみせる。そしてそのときこそ、あなたを超えるのだ」

ふ…と誰《だれ》かが嗤《わら》う気配がした。仲障は顔を上げたが、誰もいようはずがなかった。

ふわりと、香が漂う。兄かも知れぬ、と仲障は思った。

嗤っているのか？　愚かな弟が必死で考えを巡《めぐ》らすその様を。

いつだってあなたはそうやって嗤ってきたのだろう。自分が一矢《いっし》報《むく》いたことなど、まれだ。

「……だが、今度こそ」

憎《にく》い憎い茶鴛洵。いつも目前に立ちふさがった、偉大《いだい》すぎる我が兄よ。だが、先に死んだあなたの負けだ。

途《みち》は、ひらけた。この歳《とし》になってついに。

……さあ、可愛い孫たちに、新州牧を迎えさせようか。

「見ているがいい」

あなたがいつも潰してきた途《みち》を、今度こそ行く。

昏《くら》い声で、老人は笑った。

第一章　州境の街

『すべて、わたくしがやりました――』

一年前よりずっと大人びた少女は、硬《かた》い表情《かお》でそう告げた。

あの日から、秀麗《しゅうれい》は彼女のほかの表情を見たことがない。


その一行は、一見してかなり妙《みょう》だった。

無精髭《ぶしょうひげ》を生やしてでかい棍《こん》をもつ飄々《ひょうひょう》とした男。十《とお》をいくつか越えたほどのどこかぽやーっとした少年と、深窓の姫君のようなかわいらしい――けれどどちらとも笑わない少女。今はちょっと留守にしているが、いつもならここにどこか貴公子然とした青年も一人加わる。

（……そして私、ねぇ）

あきらかに怪《あや》しい五人組だ。カタカタと揺《ゆ》れる馬車に乗りながら秀麗は溜息をついた。

百歩譲《ゆず》って兄弟としても、明らかに造作も雰囲気《ふんいき》も違《ちが》う。行く先々で不審《ふしん》がられるのも無理はない。燕青《えんせい》などその胡散臭《うさんくさ》い人相から、子さらいの犯罪者と間違えられ、追っかけられた。

　ふと、秀麗は違和《いわ》感を覚えて軽く目を押さえた。どうも王都貴陽《きよう》を出てから目の調子が悪く、近ごろでは少し癖《くせ》になりつつある。首を傾《かたむ》けた拍子《ひょうし》に、唯一《ゆいいつ》の装身具である簪《かんざし》がしゃらりと鳴った。

「どうした姫さん、疲《つか》れたか？」

　馭者役《ぎょしゃ》を買ってでた燕青が振り返る。秀麗はじろりとその髭面《ひげづら》を睨《にら》みつけた。秀麗の無言の怒《いか》りを感じ、燕青は困ったように無精髭をひっぱった。

「んな怒《おこ》んないでくれよー。黙《だま》ってただけで、別に嘘《うそ》ついてたわけじゃ」

「──怒ってるわけじゃないわ。いまだに信じらんないでいるだけよ」

　ちょうど一年前の夏、秀麗の邸《やしき》の門前で行き倒《だお》れて拾ったクマ男。ひと月ほど居候《いそうろう》を決め込み、当時少年のふりをして人手不足の戸部に赴《おもむ》いていた秀麗と一緒《いっしょ》に働いていた彼が──まさか茶《さ》州州牧《しゅうぼく》だったとは。はっきり言って開いた口がふさがらなかった。

「いやー俺もな、自分がもう一人いたら俺が州牧なんてきっと鼻で笑ったと」

「なんで州牧だった人がそんなぼうぼう髭生やしてんの！」

「え。問題はソレ？　髭ダメ？　前は何も言わなかったじゃーん」

「なんか前州牧だと思うとイヤなの！　だいたいあなたのはきちんと『生やして』んじゃなくて単なる伸《の》ばしっぱなしの無精髭じゃないの！　そんなむさ苦しい顔で補佐《ほさ》なんて許さないわ！　剃《そ》りなさい！」

「うわー初命令がそれかー。でもでも毎日剃るのめんどいんだよ、勘弁《かんべん》～」

するとと、それまで黙っていたもう一人の深窓の姫君風少女――香鈴《こうりん》が裾《すそ》をさばいてすっくと立ちあがった。

「秀麗様がそうおっしゃるなら、わたくしが！」

白くほっそりとした手には、女物の小ぶりの剃刀《かみそり》が握《にぎ》られていた。黒目がちな双眸《そうぼう》をキッと燕青に据《す》え、ポクポクと進む馬車から降りて燕青のいる馭者席へ回り込もうとする香鈴に、秀麗は仰天《ぎょうてん》した。

馬車の縁《ふち》に手をかけ身を乗り出した香鈴を、背後からがっしと抱《だ》き留める。

「あ、危ないわよ！　動いてる馬車から飛び降りたら――」

「いいえ！　秀麗様の御為《おんため》なら、このくらい何ほども」

「い、いやそれなんか違うでしょ。いい、いいってば！　本当にもうあんな髭なんて」

秀麗よりよほど華奢《きゃしゃ》な香鈴だが、その決意のほどを示すように、とどめる腕《うで》を振《ふ》りほどこうとする力は、かなりのものだった。

「うわわ香鈴さん、本当に危ないですよー。それに燕青さんがその気になってくださらないと、たかが髭といったって身長差からして剃るのはちょっと無理ですってー」

いまいち緊迫《きんぱく》感に欠ける声で叫《さけ》びながら、影月《えいげつ》も慌てて香鈴を引きずり戻《もど》す手伝いをする。

十三歳の少年とはいえ一応男の影月の力はさすがに強く、香鈴は問答無用で馬車の中に引きずり戻された。

キッと、香鈴は影月を睨んだ。

「余計なことをなさらないでくださいませ。そんなことなど百も承知——」

「だめよ、香鈴。本当に危ないんだから。燕青の汚《きたな》らしい髭なんか剃るより、そこらに生えてる土筆《つくし》でもとってくれたほうがいいわ。お夕飯の具にできるもの」

燕青は土筆以下という髭をなぜた。全体的にかなりひどい言われようだが、しかし当面は髭を剃らずにすむようなので、何も言わないことにする。

香鈴は秀麗の言葉に悄然《しょうぜん》とうつむいた。ぎゅっと唇《くちびる》をかみしめる。

「……わかりました。わたくし、今日のお夕飯には大きな土筆をとってみせます」

「…………う、うん」

香鈴はどこまでも本気だった。秀麗は今さら「もう時期じゃないから」などとはとても言えなくなってしまった……単なる冗談だったのに。

それを察したのか、影月がのほほんと代弁をしてくれる。

「香鈴さん、もう土筆の季節は終わりましたよ。今からならー、独活《うど》の葉とか、毒痛《どくだ》みなんかがいいですよー。毒痛みは馬さんにあげると十の効能があるってことで、十薬ともいわれてるんです。長旅で馬さんも疲れてると思うので、一緒に探しましょう」

途端《とたん》に香鈴はむっと顔をしかめた。くるりと影月に向き直る。

「なんですの？　さっきからわたくしの邪魔《じゃま》ばかりなさって。あなたの言葉を聞く義理はありません。年下のくせに、偉《えら》そうに指図しないでくださいませ」

「ええ？　偉そうでしたか？　す、すみません」

「わかればよろしいのです」

影月と対している時の香鈴は、一年前を彷彿《ほうふつ》とさせるものがある。どこか波長の合った者同士の間にだけ流れる砕《くだ》けた空気が、二人にはあった。

少しだけ、秀麗は影月を羨《うらや》ましく思った。

「ところで香鈴さん、これ」

影月が懐《ふところ》の巾着《きんちゃく》からとりだしたものを見て、香鈴の眉《まゆ》が寄った。

「……なんですの、このあやしげな丸薬は」

「少し、お熱があがってきたようですから、ひどくなる前にと。本格的に、暑くなりはじめた時期ですからね。あまりいいとこでも眠《ねむ》れませんし、体力も落ちてきているでしょう？」

香鈴が表情を強《こわ》ばらせるのがわかった。秀麗と燕青は影月の言葉にぎょっとする。

秀麗は即座《そくざ》に香鈴の額に手を当てた。――確かに、熱い。

「香鈴！　なんですぐ言わないの！」

「た、たいしたことではありません。これくらい平気です」

燕青はこめかみを揉《も》んだ。

「……頼《たの》むぜ香鈴嬢《じょう》ちゃん、旅で一番気をつけなくちゃならないのは健康なんだ。おかしいと思ったらすぐ言ってくんなきゃ困る。旅で無理してそのうち治るなんてな、俺くらい体力なくちゃありえないんだよ。無理されて悪化されたら、それこそずいぶんな迷惑《めいわく》になっちまうんだぞ。……まあ、行きに俺もかなり無理させちまったから、偉そうなこといえねーけど」

ぴしゃりと怒られ、香鈴は長い睫毛《まつげ》を伏《ふ》せた。

「……申し訳……ありません……」

そのとき、前方から一頭の馬が土埃《つちぼこり》を蹴立《けた》てて馬車の横についた。

「静蘭！」

見事な手綱《たづな》さばきで馬首をひるがえしたこの家人に、秀麗は毎度のように感心する。まさか静蘭が馬に乗れるとは思わず、それを知った時は驚《おどろ》いたものだ。騎乗《きじよう》できるのは生粋《きつすい》の軍人か、馬を労働力としない裕福《ゆうふく》な家の者だけに限られている。

では、彼は誰だったのだろう――？

改めてそう思わなかったといえば嘘になるけれど、彼は何も言わない。そしてそばにいてくれる。今さら、何も訊《き》くことなどなかった。

「砂恭《さきよう》の街まで、あとどれくらい？」

「馬車だとまだ少しかかりますね」

苦笑《くしよう》しつつ、静蘭は拝借していた馬をもとのように馬車につないで二頭立てにすると、馬車に乗りこんできた。砂恭――そこが、紫州《ししゆう》最後の街だ。

「でも、日暮れ前には着けますよ。食糧《しよくりよう》や水を補給しましょう。……すぐに宿をとったほうが良さそうですね」

体調不良がばれたせいで気が抜《ぬ》けてしまったのか、傍目《はため》にもわかるほど熱っぽい顔になっていた香鈴を見やり、静蘭は溜息《ためいき》をついた。

●❋●❋●

秀麗たちが王都の貴陽を出てから、すでにひと月が経《た》っていた。

本来なら中央官庁の長に次ぐ州牧の赴任《ふにん》ともなれば、多くの護衛や書生、家族、ときには一族まで引き連れ、大々的な列を作り、各地で歓迎《かんげい》を受けつつの道行きという、かなり華々《はなばな》しいものなのだが、……秀麗たちはまるで重大犯罪者のごとく、質素かつ地味に目立たずこそこそと茶州へ向かっていた。

総員五名、頑丈《がんじょう》だが傍目には今にも車輪がはずれそうなボロい馬車で、衣服もそこらの邑人《むらびと》と大差ない。初夏という季節柄《がら》、たいていは自炊《じすい》で、木の実や草や川魚を適当に調理し、喉《のど》を潤《うるお》し腹を満たす。当然のように夜は野宿。邑《むら》や街で休息をとれる日でも、宿賃と安全性をギリギリまで秤《はかり》にかけるような選び方をする。

茶州に少年少女の州牧が派遣《はけん》されるという前代未聞《みもん》の噂《うわさ》がいかに千里を駆《か》けめぐり、様々な噂や憶測《おくそく》が流れていようとも、すぐ自炊して食費を浮《う》かせようとする嫌《いや》な宿泊客かつどんな関係やらさっぱりわからぬ怪しい一行が、まさか噂の当事者とは誰も思わなかった。

後世「貴陽出立日定かならず、仙術《せんじゅつ》のごとく忽然《こつぜん》と茶州の都に現る」と史書に書かれた実態は、貧乏旅行推進隊長（紅秀麗）の決然たる意志に、隊員（四名）が素直《すなお》に従ったからという、のちの歴史家たちが仮に真実を知ったとしても絶対著《しる》したくないような、実に夢のない話なのであった。

とはいえ、このお忍《しの》びの旅には金銭問題だけでない、まっとうな理由は一応、あった。

「だいぶ、まけたかしら?」

実は紫州貴陽を出た瞬間《しゅんかん》から、この新州牧様ご一行には不審《ふしん》な追跡者《ついせきしゃ》がついていたのだ。

これから向かう茶州は、他の七州とは決定的に違う面があった。それは茶州を本拠地《ほんきょち》とする彩《さい》七家のひとつ、茶《さ》家が、王権に連なるものとはまた別種の権勢を誇《ほこ》っているためだった。勿論《もちろん》、他の六家も地元各州では抜きんでた支配力と優位性をもつ。しかしそれは王権、国試制、そして派遣されてくる官吏たちを認め、従った上でのことだ。しかし茶州は違う。茶一族がまるで茶州の主のごとく振る舞う。権を脅《おびや》かすものは誰であろうと許さぬという気風がまかりとおっている。かつて王のもとへ直訴《じきそ》をしにきた前州牧の浪燕青も、茶家が金にものをいわせて人海戦術で送ってよこした凶手《ころしや》たちに、道すがら襲《おそ》われまくっていた。

香鈴の病ということで、今日ばかりは金額に頓着《とんちゃく》せずに選んだ宿屋は、中の上ほどの、今までなら見向きもせず素通りしたような良い宿屋だった。

香鈴の容態を知り、色々と用意してくれた女将《おかみ》の親切を思うと、さすがに倹約推進派の秀麗もちょっと後悔《こうかい》した。……これからはもう少し上の宿屋にも目を向けてみよう。

やわらかい寝台《しんだい》に香鈴を寝《ね》かせ、冷たくしぼった布を額に置く。

香鈴は熟《う》れた林檎《りんご》のように頰《ほお》を上気させ、熱のために目も潤《うる》んでいた。

「……申し訳ありません……秀麗様」

「何いってんのよ。気にしないの。むしろ今までろくに良《い》い宿をとらなかった私の責任だわ。ごめんね」

「そんな！　ちが……違《ちが》います！」

思わず体を起こしかけた香鈴を押しとどめる。

「いいから、寝なさい。今はゆっくりと養生することだけ考えて」

「……ごめんなさい……」

香鈴はつらそうに目を閉じた。秀麗には、それが単に熱を出して迷惑をかけたことに対する謝罪だけのようには聞こえなかった。

贖《あがな》いだけがすべてというような雰囲気《ふんいき》をまとい、自らに笑う資格などないのだと、そういわんばかりの張りつめた表情《かお》で。

『もう少し、時間をちょうだい香鈴――』

あの日、かつて後宮で起こった陰謀劇《いんぼうげき》の真実を包み隠《かく》さず告白した香鈴に、ただそう返したのは秀麗自身だ。

「秀麗さん、交替《こうたい》しましょう。お薬も調合できましたから」

ちょうど入ってきた影月に頷《うなず》くと、最後にそっと香鈴の頬を撫《な》でる。かたく目を瞑《つぶ》ったままの香鈴は、泣きだす直前のように、くっと喉をちいさく鳴らした。

「元気になるのよ、香鈴」

そして影月と入れ違いで室を出た。扉《とびら》を閉め、溜息をつく。

(私は、香鈴にかける最初の言葉を思いつかなかった)

——そしてまだ、その言葉は見つからない。


「お嬢様、香鈴の具合はどうです?」

一人卓子《たくし》で地図を広げていた静蘭は、入ってきた秀麗を見ると顔を上げた。

「うん……あのぶんじゃ夜中に熱があがってきそう。疲《つか》れが一気に噴《ふ》きだした感じ。影月くんが早めに気づいてくれてよかったわ。——燕青は買い出しからまだ戻《もど》らないのね」

「また人さらいと思われて、どこかで捕《つか》まっているんじゃないですか?」

ふん、と鼻で笑う静蘭に、秀麗は額をおさえた。

「……静蘭それ洒落《しゃれ》になってないから。ていうか赴任途中《ふにんとちゅう》に人さらいと勘違《かんちが》いされて捕まる州牧補佐《ほさ》がどこにいるってのよ。だから髭剃《ひげそ》れっていってるのに!」

燕青は髭さえ剃れば、むしろ精悍《せいかん》な好男子なのだ。

「でもあの格好の燕青が御者《ぎょしゃ》でなかったら、ここまで誰にも見破られずにはこれなかったと思いますよ。実際、紫州内とはいえ、こちらが思った以上に追っ手が少なかった。残念ながら、どんなに頑張《がんば》って私が髭をのばしても、あそこまで立派な不審人物にはなりませんからね」

秀麗はお茶の用意をしつつ、静蘭の髭面《ひげづら》を想像しようとして挫折《ざせつ》した。……あんまり見たくない。というかたぶん似合わない。

「わかってるわ。でもあんまり燕青にばっかり迷惑かけてるんだもの」

いかにも良家の子女といったたたずまいの香鈴と、どこか貴族的な顔立ちの静蘭では、正体のバレる可能性が格段に上がる。しかしそこへ飄々《ひょうひょう》とした髭もじゃ風来坊《ふうらいぼう》の燕青が加わるだけで、あっというまにただの「ヘンな五人組」が成立するのだ。

「燕青に迷惑をかけてすむならそれで構わないでしょう。あれはお嬢様《じょうさま》たちの副官です。迷惑を引き受けるのが仕事なんです。悪いと思うより、ごめんと一つ謝って、どんどん迷惑かけて利用するのが正しい上官というものですよ。だいたいあいつ、迷惑とか思ってませんから」

秀麗はお茶を注《つ》ぐ手を止め、静蘭を見た。

「……そっか」

「もちろん、私もです」

たたみかけるように言われて、秀麗は苦笑した。

「そんなの昔っからそうじゃない。……でも今から言っておこうかしら。ごめんなさいって」

「お嬢様が淹《い》れてくださるお茶一つで、帳消しですからご心配なく」

静蘭は湯気をたてるお茶に手を伸《の》ばした。香《こう》ばしい匂《にお》いが鼻腔《びこう》をくすぐる。

「そういえば、ここら辺のお茶は甘いんですよね。確か、甘露茶《かんろちゃ》でしたか」

「ね。初めて飲んだわ、こんな甘いお茶。くどくなくてすごくおいしい」

しみじみと呟《つぶや》いた秀麗に、静蘭が軽く首を横に振《ふ》る。

「初めてじゃないはずですよ。昔ここを通ったときも飲んでました。お嬢様もたいそうこのお茶がお気に入りで」

「嘘《うそ》⁉」

「本当です。お嬢様がふたつみっつくらいの時分に。ご飯よりほしがって大変でした」

そこまで幼い頃《ころ》の記憶《きおく》はさすがにないが、そんなふうにいわれてようやく秀麗は、茶州へ続くこの道が、自分たちにとって初めてではないことを思い出した。

茶州の地。父様に聞いたことがある。かつて少年だったころの静蘭と、旅をしていた自分たちが出会った場所。邵可や秀麗に会う前、そこは彼にとってどんなところだったのか。

今回のような赴任という機会でもなければ、静蘭の口から茶州について語られることはほとんどなかった。きっとあまりいい思い出はないのだろう。そう考えて、秀麗は少しだけ表情を改めた。十年来の付きあいである。茶州へ近づくごとに、わずかだが彼の神経がとがっていくのを、秀麗は敏感《びんかん》に感じとっていた。

けれど静蘭は決して、自らの弱さをさらしたりはしない。

「ねぇ静蘭」

はい、と応じた顔へ、秀麗は精一杯《せいいっぱい》の笑《え》みを向けた。

「私に何かできることがあったら、遠慮《えんりょ》なくいってね？　何があったかなんて、聞かないわ。でも、溜め込むのはなしよ。静蘭の好きなご飯もお菓子《かし》もたくさんつくってあげる。おいしいお茶も淹れてあげる。二胡《にこ》も弾《ひ》いたげるわ。……やんなっちゃうわねー。私ができることとってほんと少ないわ。なんかもっとないかしら」

自分についてきてくれて当然、などと秀麗は思っていなかった。

むしろ、国試及第《きゅうだい》した時、静蘭と離《はな》れることを覚悟《かくご》していた。官吏《かんり》となったからには、秀麗もこれからどこに飛ばされるかわからない。もとより王都勤めの静蘭は貴陽から離れることはできない。十中八九、父とも静蘭とも別れて、たった一人で任地に赴《おもむ》くことになると。だから及第してから過ごした宮城でのふた月、秀麗は決して二人の手をとらなかった。これから一人になるのなら、それに慣れなくてはならなかった。

たとえそれが、身を切られるほど——夜ごと枕を濡らすほどつらかったとしても。

「私ね、静蘭が一緒《いっしょ》に来てくれて嬉《うれ》しかった」

静蘭の人生は静蘭のものだ。いつまでも自分や邵可のお守《も》りをさせておくべきではない。本当なら彼は、望めばどんな道だって選べることを、秀麗もとっくにわかっていた。

潮時なのだ——必死で自分にそういい聞かせた。彼を解放する、良い機会だと。

けれど静蘭は思わぬ形でそばにいてくれた。——心底、嬉しかった。

「『何かあるなら、戻って良《い》いわよ』なんて、絶対私からは言わないわ」

静蘭が護衛官の地位を賜《たまわ》ったとき、秀麗はただひと言いいの？　と訊《き》いた。静蘭はいつものように笑ってはいと答えた。それで、もう何も訊けなくなった。心のどこかでそうなることを期待していた自分が情けなく——本当にいいの？　と言葉を重ねることで、彼を逃《のが》してしまうのが怖《こわ》かった。それは、秀麗の甘さと弱さ。

静蘭が秀麗専属の護衛官になるということは、今までと同じようで全然違う。好意に甘える家族のような関係ではない。王命という絶対的な制約で、彼の意思を縛《しば》るということだ。

あのとき、秀麗は決めた。

静蘭は自分たちの所有物《もの》ではない。それでも彼がそばにいてくれるというのなら、それに見合った対価《もの》を。父や母が今までそうしてきたように、これからは自分が。

「そのかわり、私もちゃんと静蘭のこと引き受ける。父様みたいにうまくできないかもしれないけど、精一杯のことをするわ。とりあえず、私には気を遣《つか》わないのよ。思いっきり『悩《なや》んでます』って顔して暗くなって構わないからね。私だって静蘭のことをちゃんと見てるから」

甘い甘い甘露茶の匂いが、過去を誘《いざな》う。ふ、と静蘭は静かに息をついた。

茶州。朝廷《ちようてい》百官を跪《ひざまず》かせてきたかつての公子《じぶん》が、生ける屍《しかばね》となった場所――。

「……茶州へ行くのが嫌《いや》なわけではないんです。あそこは、旦那《だんな》様と奥様と、お嬢様と出会えたところでもあるんですから」

紅家の優《やさ》しい人々が、静蘭という名前をくれた。そうして、心を殺し過去を殺し、幾重《いくえ》にも殺し続け、死にかけていた『自分』が息を吹き返した地でもある。

「ただ、心の整理ができてないだけなんです。だから整理がつくまでは、そうですね、ちょっと暗く見えるかもしれません。そのときは……この甘露茶を淹れて、一緒にお茶をしていただけますか？」

「それだけでいいの？」

ある。
高い矜持《きょうじ》ゆえ。もしかしたら秀麗の知る誰《だれ》よりも、彼は誇り高いのではないかと思うことさえ
静蘭はすべてを己《おの》がうちに秘める。けれどそれは他人を信用していないわけではなく、その
「ええ」

誰にも拠《よ》らない彼にしてあげられることは少ない。けれど皆無《かいむ》でもない。

「わかったわ。たくさん甘露茶買い占《し》めておく」

「高いですよ？　この辺りの銘茶《めいちゃ》ですから」

「ばかね。静蘭の気分転換《てんかん》と引き換《か》えなら安すぎるわ。あとね、無理して笑わないのよ？」

その言葉に静蘭は目をまたたかせると、思わずといった風に笑みをこぼした。

「それは、大丈夫《だいじょうぶ》です。そういった器用さはとうになくしてしまいましたから」

目の前の少女とその両親が、優しい時の中でいつのまにか奪《うば》っていってしまった。

不意に、静蘭はじろりと廊下《ろうか》へ通じる扉《とびら》に視線をやった。

「で、いつまでそこで聞き耳たててるつもりだ？　燕青」

「う。バレてたか」

そろっと燕青の顔が扉からのぞいた。

「ただいま。やー、なんか、イイ場面だったから邪魔《じゃま》しちゃ悪いナーと」

買い込んできた大量の荷物を両手に、燕青は室へ入ってきた。

「姫《ひめ》さんと二人だと、ほんっと素直《すなお》だよなぁ。お前が性格良く見えるのって姫さんと邵可さん

の前だけだよなー。あっ、なな、俺も甘露茶淹れて一緒にお茶してやるからな！」

「むしろ邪魔だバカ」

静蘭は冷ややかに一刀両断した。

「うわ、ひでー。俺だってこう、お前のココロの支えにだなー」

「お前に支えてもらうくらいなら、そこらのこめつきバッタに泣きついた方がマシだ」

「何ぃ？　俺は断言できるね。こめつきバッタより俺のほうが頼《たよ》りになるぞ。バッタは秋しかでてこねーけど俺は一年中いるからな！」

「季節を問わないのは害虫の特長だな。いずれ羽でもはえて飛ぶんじゃないのかお前」

燕青の前だとあっというまに口も態度も悪くなる。それでも、秀麗はそんな静蘭を見ているのが嬉しかった。

(そういえば燕青って、私たちのところに来る前の静蘭を知ってるのよね)

父も燕青のことを知らなかったのだから、それしかない。

——もしかして、この二人が出会ったのも茶州だったのだろうか？

ふと、そんなことを秀麗は思った。

●❋●❋●

「香鈴さん、ようやく眠《ねむ》ってくれましたー」

影月が隣室《りんしつ》から戻《もど》ってきたのは、そろそろ夜の帷《とばり》が最後の夕暮れを隠《かく》そうとする頃《ころ》だった。

「お疲《つか》れ様、影月くん。頼っちゃってごめんね。どんな感じ？」

「夜は交替《こうたい》で見てあげたほうがいいと思います。やっぱり熱があがってきそうですから」

「わかった。私が引き受けるわ」

腕《うで》まくりでやる気を強調した秀麗は、ぐるりと周囲を見渡《みわた》すと、あわてて言葉を付け足す。

「あー何も言わないの。私だって看病くらいできるわ。まさか夜中に年頃の女の子の寝室《しんしつ》に入りたいーなんて不埒《ふらち》なこと、誰も考えてないでしょうね？」

秀麗は反駁《はんばく》があがる前に先回りして男性陣《じん》の口を封《ふう》じた。

「香鈴はちゃんと育てられた娘《こ》なんだから、絶対ダメ。固形物は食べられそう？」

「……えと、今日はお吸い物とかおかゆとかのほうがいいと思います。でも寝《ね》ている時は起こさないで、そのまま寝かせてあげてください」

おっとりと応《こた》えた影月に、秀麗は首肯《しゅこう》した。

「じゃ、夜中でもすぐ温かいものが飲めるように、室のほうへ火を借りてきたほうがいいわね」

宿の女将《おかみ》が夕飯をもってきてくれると言っていたから、そのときに頼《たの》んでみよう。作業の順序を頭の中で組み立てながら、秀麗は茶器に手をかけた。

「ありがと影月くん。お茶注《つ》いであげるから、座――」

そのとき、視界の隅《すみ》を何かがサッと横切った。

「……？　？　？」

目をこする秀麗を、静蘭が心配そうに見た。

「どうしました。何か異常でも？」

「……あー、ううん、なんか、ちょっと目が」

薄《うす》い影のようなものが、一瞬《いっしゅん》見えたような気がするのだが。今に限ったことではなく、この貴陽を出てからは、たびたびこんなことがあった。

そう説明すると、影月と燕青が顔を見合わせた。燕青が笑いを含《ふく》んだ声で訊く。

「もしかして姫さん、貴陽をでたことない？」

「え？　ええ」

物心つく前に茶州経由で王都・貴陽に入って以来、秀麗の行動範囲《はんい》は貴陽の内部《なか》だけだ。

ああなるほど、と二人に納得《なっとく》されて、にわかに居心地《いごこち》が悪くなる。

「燕青も影月くんも……な、なんなの？　私の目、変？」

「目は大丈夫ですよー。むしろ良すぎるくらいです。このあたりは州境ですから、紫州の中心部ほど綺麗《きれい》に掃除されてないだけです」

秀麗はぐるりと室を見回した。

「そりゃ、貴陽の高級な宿ほど行き届いてないかもしれないけど、ここの宿は今まで泊《と》まってきたところより、よっぽど綺麗にしてると思うけど？」

「や、えーと、そういう意味じゃなくてだな、王都が不自然に片づいてるっていうかー……」

「そうですそうです。実は僕も、貴陽は綺麗すぎるって、ずっと思ってました」

「……ま、それだけ茶州に近づいてきたってこった」

意味不明だ。しかもそこで会話は強制終了してしまった。

秀麗は追及《ついきゅう》をあきらめて、ひっかかった燕青の言葉を拾い上げた。

「……もうすぐ、茶州なのね」

「おう、もう目と鼻の先だぜ。先の崔里《さいり》関塞《かんさい》抜《ぬ》けたら茶州だからな」

「抜けるんですか？」

横からズバリ訊《き》いてきた影月に、燕青は笑った。

「抜ける。確かに関所抜けずに行ったほうが安全だが、あとで関所通らずに入ってきたなんて難癖《なんくせ》つけられるのも面倒《めんどう》だからな。そーいうこまけぇとこネチネチうるせーんだよなー」

地方官吏《かんり》の台詞《せりふ》とは思えない暴言だが、とくに聞きとがめることなく秀麗が返す。

「燕青が州牧として行った時は、どうだったの？　最低一回は紫州にきて、州牧印と佩玉《はいぎょく》もらって茶州に帰ったわけでしょ？」

「うん？　あー、あんときは鴛洵じーさんが一緒《いっしょ》に行ってくれてな、めっちゃ楽だった。誰もが平伏《へいふく》して道譲《ゆず》ってなー。ただし、そのぶん裏じゃものすごかったけどな。堂々と道行きしたもんだから、陰でわんさか兇手《ころしや》さんが送られてきて、夜中にゃカエルのタマゴ現象だった」

「……なに、そのカエルのタマゴ現象って」

「ほら、生まれてくるときは一斉《いっせい》にボコボコくるじゃん。あんな感じで大量に」

秀麗はぞわりとした。別にカエルがダメなわけではないが、生理的嫌悪感《けんお》というやつだ。

「いやー！　気持ち悪い喩《たと》えしないでっっ」

「え。俺としてはなかなか言い得て妙《みょう》な、ひねりのある詩的比喩《ひゆ》だと思ったんだけどなー」

傍《かたわ》らの影月が片頰《かたほお》をひきつらせた。そしてかつて一流の文人たちから口をそろえて詩歌の才を褒《ほ》めそやされていた静蘭に至っては、まるで「木の股《また》から生まれたんじゃないのか」といわんばかりの目つきで隣《となり》の男を見た。

「……お前に詩や歌を叩《たた》きこもうとした鄭補佐《ほさ》の努力が、無駄《むだ》だったのがよーくわかった」

「なにぃ？　失敬だな。じゃああとで俺が準試でつくった人生最高の詩を朗読してやる」

「お前の人生最高の詩は間違《まちが》いなく、全州準試史上最低の詩だ」

国試上位及第者であり、受験対策の一環《いっかん》として一定以上の詩歌《しいか》の素養を積んでいた二人も静蘭の言葉に黙《もく》して否定しなかった。心優《やさ》しい影月は話題を変えようと別の話を振《ふ》った。

「……そういえば、燕青さんはいくつで州牧になられたんですか？」

「あー、確か今の姫さんと同じ。十七だった。だからちょーど十年前か。うわすげぇ」

三人はその年齢《ねんれい》に目を剝《む》いた。

「十七!?」

「うん、十七。で、準試も受かってなかったしなー。あっはっは。よくなれたよな！」

静蘭はむしろ呆《あき》れ果てたというようにこめかみを押さえた。……こんな奴《やつ》を州牧と認めて据《す》え置いた父王は確かに大物だ。

「……十年近く同じ州の州牧やってたやつはお前くらいじゃないか？」

「悠舜にもそういわれた。俺もさ、臨時っつーからいつ次の州牧派遣《はけん》されてくっかなーって待ってたんだけど、一向にこなくってな。しかも一年後にゃ王都で王位争い起きたからなー。地方なんかかまけてらんなくなったんだろな。で、ほっとかれてるうちになんか十年たっちまったんだな。つかここまでくるともはや忘れられてたカンジだよな」

しーんと秀麗と影月は沈黙《ちんもく》した。この男が自分たちの前任者なのかと思い当たって、気が遠くなる。

「……なんか私、今すごい大それたこと思っちゃったわ……」

「……う、多分、僕も同じことチラッと思っちゃいました……」

「え、ナニ、俺にできたんなら自分にもできんじゃないかって？」

図星を指されて、うっと二人の年少州牧は黙《だま》り込んだ。

燕青は豪快《ごうかい》に笑った。

「やーわかるわかる。それに二人とも俺よりモトがいーからな」

けれど静蘭は騙《だま》されなかった。

「燕青、何も知らなかったお前が、どうやってあの揉《も》め事の絶えなかった悩《なや》みの茶州《タネ》を、朝廷が忘れられるくらいにまで静かにさせたんだ？」

鋭《するど》い声に、秀麗と影月はハッとして互《たが》いに顔を見合わせる。

――そうか。そういう意味もあったのだ。

燕青はちょっと困ったように苦笑《くしょう》しつつ、無精髭《ぶしょうひげ》を爪《つめ》の先でひっぱった。

「悠舜との約束を守ってただけだって」

「それは？」

一気に真剣《しんけん》な顔になった新州牧たちを見て、燕青は頬をかいた。

「ま、その話は無事茶都に入ってから。でも、ま、そだな、一つだけいっとくか。悠舜との約束事のなかに、こんなのがあった。『決して二者択一《たくいつ》をしないこと』」

「え……？」

「つまり、賭《か》けみたいなことはすんなってこと。選択肢《せんたくし》があっても、どっちが正解か悩むのはよせってことだ」

「？　？　？」

「選択肢があったら、勿論《もちろん》結果がいいほうを選ぶよな。でもその通りの結果が出なくてヘンなほうに転がっちまっても、補える策を必ず考える。あらゆる可能性を考えて、そのそれぞれに必ず次の打つ手を考えろってこった。つまり『すんませんやっぱダメでした』はナシってな」

『命を背負う者は、あきらめることは許されません』――それが悠舜の言葉だった。

「……いつだって、次善の策を考えろってことね」

自分なりのまとめを導き出した秀麗に、こきりと首を回しながら燕青が笑う。

「うん？　いや、間違ってはいないが、その答えじゃ満点はあげらんねーな」

「え？」

秀麗は影月を見たが、影月も首を振った。

燕青はにかっと笑った。

「じゃ、これ、二人への宿題な。州都につくまでに頭の体操だと思って考えといてな」

こうやって、すでに燕青の「教育」は始まっていた。今までもこんな風にさりげなく、燕青は秀麗たちに知識を授《さず》けてきた。茶州の地理、風土、気候、それに伴《ともな》う商工農業の分布。人々の生活や知的水準、風習など、自分の体験を面白《おもしろ》おかしく語るなかにさりげなく、確実に織り交ぜて。

秀麗も影月も、出立前に赴任《ふにん》先に関してはある程度の情報は叩きこんでいる。けれどそれに命を吹《ふ》きこんだのは燕青だった。平面図を立体に立ち上げるように、燕青は見事に茶州を描《えが》いて見せた。

（そして、さっきの問い――）

かつて支配する側に属していた静蘭には、先ほどの「解答」の察しがついた。けれどそれは誰《だれ》にでも導き出せる答えではなかったし、ましてや実行できる者はさらに少ない。しかしもし――燕青が鬼才《きさい》・鄭悠舜とともに「満点の解答」を実行してきたのなら。

（十年、茶州が静かだったわけだ）

燕青は決してバカではない。どうでもいいことはすっ飛ばすが、どうでもよくないことは決して疎《おろそ》かにはしない。そして本当に大切なものをいつだって見抜く。

あきらめないことが上に立つ者の資格なら、燕青以上にふさわしい者はいないだろう。

本人には死んでも言うつもりはないが、誰より強く不屈《ふくつ》な精神《こころ》を、静蘭は知っている。

「んで、話を戻《もど》してこっから先の行程なんだけどな」

燕青はバサリと地図を広げた。とん、と指先で現在地、砂恭を叩く。

「まあ大雑把《おおざっぱ》に言うと、こっから州都の琥璉《これん》までは今までの速さでだいたいひと月。とはいえまずは目先の崔里関塞《かんさい》だ。絶対茶一族に網《あみ》を張られてる。砂恭の街も結構ぴりぴりしてたから確実だな。まーどっから行ったって張られてるだろうけどな」

静蘭は地図に視線を落としつつ目を細めた。

「砂恭での噂《うわさ》は？」

「崔里関塞じゃ、紫州から入ってくる十二、三の少年及《およ》び十六、七の少女なら誰でも一時拘束《こうそく》だってよ」

秀麗はぎょっと顔を上げた。が、燕青は構わず続ける。

「しかもすげーぞ。どうせ茶家のバカどもの仕込みだろーけど、一度拘束されちまうと、確実な身元証明がとれるまでは塞城につかまりっぱなしらしいぜ。少なくとも夏が過ぎるまで」

「……つまり州牧赴任期間が過ぎるまでってことね」

王都貴陽を出立ののち州城に辿《たど》りつくまで、三月《みつき》の猶予《ゆうよ》がある。貴陽から最も遠いとされる茶都《さと》琥璉でも片道にせいぜいひと月半、そこから長旅ののち着任までの様々な特異事態を考慮《こうりょ》しての期限である。しかしそれだけの時間が過ぎても着任できない場合、任務放棄《ほうき》もしくは任務不能と見なされ、伝令の報告を待って自動的に州牧剝奪《はくだつ》となる。崔里で秋まで拘束された場合、まず間違いなく赴任期間内に着任することは不可能だ。

影月がぽつりと疑問を投げる。

「何も悪いことしていない人たちを、そんな勝手に拘束することが可能なんですか？」

「理由ならあとで色々つけられる。別に処刑《しょけい》するってわけじゃないしな。確実な身元証明があれば解放されるし、よっぽど切羽詰《せっぱつ》まった用事なら、役人に一緒《いっしょ》についてきてもらって用足しして戻ることも許されてるらしいな。それに各関所直前の街でちゃんと何があるか公表もされてる。選択の余地があるぶん俺が赴任した時よりかなりマシになってるぜ」

静蘭は溜息《ためいき》をついた。

「……やはり、分散するか？」

「さすが静蘭。それっきゃないよなー。じゃまず俺が最初にとっつかまる、と」

あっさり話を進めようとする年長のふたりに、秀麗が割って入る。

「や、やっぱり燕青いなくなっちゃうの⁉　とっつかまるってどういうこと⁉」

「だってなー。俺ってば茶州じゃ有名人なんだもんよ。茶家にあっちこっちビラまかれちゃってるし。元州牧ってのはさすがにあんましバレてねーけど、この左頰の傷も真似《まね》する奴《バカ》がでてくる始末でさ。こんな特令が出されてるんじゃ、どこも警備が強化されてるだろ？　するってーとどんな正当な通行手形もってたって、この顔でチャラになっちまう。お偉《えら》いさんがきたりでもしたら、さっくり身元もバレるし」

「う、そ、そうだけど……」

秀麗と影月は顔を見合わせた。

燕青には妙《みょう》な包容力がある。いるだけで不思議と安心する空気をもっているのだ。静蘭がいるとはいえ、彼が一時的にでも抜《ぬ》けるというのは——。

（……こ、こんなに不安になるなんて……）

燕青はすぐに新米州牧たちの表情を読みとった。

「だーいじょうぶ。ぶちこまれてもすぐに追っかけるからさ。ちゃんと検印もらってな。ま、つーことで俺は明日にでも顔出してとっつかまってくるから、そうだな…七日くらいか。香鈴嬢《じょう》ちゃんの具合が良くなる頃《ころ》を見計らって抜けてきな。幸い、正式な身元証明は貴陽で都合してもらってるし、まあ崔里を抜けるくらいならなんとかなるだろ」

そういって、ざっと巾着《きんちゃく》から木簡をすべらせる。

「一発で通るような威力《いりょく》のある一筆が必要だったけど、まさか王様から貰《もら》うわけにゃいかないし、紅家だと勘《かん》ぐられる。——いやー夏にあの人のとこで賃仕事して良かったな！　姫《ひめ》さん」

通行手形の裏面には、持つ者の身元を保証する書き添《そ》えがあるのが普通《ふつう》だ。通常は地元の役所で一律に出されるごく事務的な一筆となり、これで関塞を通るには、それなりの時間がかかる。だが独自のつてで有力な人物の書き添えが得られれば、身元保証の信用性は格段に高くなり、関塞でも通常版とは別の窓口で素早《すばや》く処理されるのだ。ちなみに秀麗のもつ手形の裏書きは彩《さい》七家・黄《こう》家のもの。証明紋印《もんいん》は黄家直紋の〝鴛鴦彩花《えんおうさいか》〟。それは全州どこでも即刻《そっこく》照合可であり、ほとんど無検査での通行が許される。そして勿論、これを調達してくれたのは——。

「黄尚書《こうしょ》、本当にいい人よね。もし中央に戻ったらあの人の下で働きたいわ」

一時的に直属の上司だった仮面の戸部尚書・黄奇人《きじん》。秀麗が男装して潜《もぐ》り込んでいたことを白状した時も、彼は黙《だま》って頷《うなず》くことで許してくれた。仕事にはとことん厳しいが、それ以外ではとても優《やさ》しい（と、秀麗は思っている）。

「なのにいまだに仕事が恋人《こいびと》なんて……あの人を顔で判断する女の人は、自分がなんて勿体《もったい》ないコトしてるかわかってるのかしら？　どうせ五十年も過ぎたらみんな同じなのに」

「…………」

黄尚書の仮面の下を知る燕青は、このぼやきに無言を通した。それからしみじみと思う。

（悠舜《ゆうしゅん》を尊敬するぜ。あの顔と一緒に平然と国試受けて状元及第《きゅうだい》したんだもんなー）

燕青自身、茶州を出る際に鄭《てい》悠舜から黄尚書のことは事前に色々聞いてはいた。しかし、仮面そのものの情報に関しては事細かく教えてくれたくせに、彼の優秀《ゆうしゅう》な補佐官《ほさかん》は、意地悪にもその下の素顔のことは一切《いっさい》言わなかった。

『驚《おどろ》きはとっておくものです。まあ見る機会があればの話ですけれど』

――おかげで、見た時は思考回路がぶっ飛んだ。あの顔はもはや立派な歩く公害だ。顔が良すぎることが黄奇人にとって唯一《ゆいいつ》かつ最大の欠点なのは間違《まちが》いない。確かに五十年くらいは経たないと、彼は結婚《けっこん》などできないかもしれない。

「……まあ、この手形があれば、姫さんと影月がいても余計な詮索《せんさく》ナシで、すぐに解放されるだろ。荷物検査されたって官服は勿論《もちろん》、佩玉も州牧印も、なーんもないしな」

途端《とたん》、秀麗と影月は目に見えて暗くなった。

「……ほ、本当に大丈夫《だいじょうぶ》なんでしょうか……？」

「ねえ……。もう、すっごく不安なんだけど」

「今さらぼやいたってしょーがねぇだろって。心配しても仕方ねーことは心配しないんだよ」

コンコンと、ちびっこ上司二人を小突《こづ》く。

「崔里関塞通るときは気をつけろよ？　まあ静蘭は性格悪《わり》ぃし度胸も理性も申し分ねーから、お前らが多少ヘマしてもうまくやってくれるから心配すんな。悪役だったら恐怖《きょうふ》の大王、敵に回したら超《ちょう》こえーけど味方なら心強すぎるからな」

「褒《ほ》めるならもっとうまく褒めろこの藁頭《わらあたま》」

「うわ直接的。せめて案山子《かかし》頭とかって多少なりともとりつくろってくれたっていーじゃん。……ま、でもいつだって突発《とっぱつ》的事象は起こるからな。これだけは念を押しとくぞ」

とん、と燕青は地図の一点を指し示した。

「目指す先はまず州都の一歩手前、商業の都・金華《きんか》。地図は頭に入ってるな？」

秀麗と影月は頷いた。

「ここに行かなきゃ何も始まらないからな。どんなことが起こっても、姫さんと影月はここを目指せ。いいか——絶対だ」

秀麗は眉根《まゆね》を寄せた。

「……燕青、なんかその言い方、ヤな予感を呼ぶんだけど」

「まあまあ。とりあえず、ちゃんと飯食うんだぞ。腹減ると色々落ち込むからな。よく寝《ね》てよく食う。基本だぞ。——つーことで」

ちら、と燕青と静蘭が同時に扉《とびら》に目をやった。

「夕飯……もってきたにしちゃあ、ちょっと数多いなー」

「だが、窓からの侵入《しんにゅう》はない」

一瞬《いっしゅん》見交《か》わして、静蘭は秀麗を、燕青は影月の腕《うで》をつかむと、引きずるように香鈴の寝ている隣室《りんしつ》に飛び込んだ。

「え!?」

「わぁっ!?」

突然《とつぜん》の物音に、香鈴は驚いて目を覚ました。前より熱っぽくうるんだ瞳《ひとみ》が、だんだん熱があがってきたことを示している。

「ど、どうなさったんですか」

「ごめん香鈴嬢ちゃん。ちょっと勘弁《かんべん》な」

燕青はひょいと香鈴を掛布《かけぬの》にくるんでおろし、影月に押しつけた。同時に秀麗の足を払《はら》い、まとめてあった小さな荷物の一つとともに寝台《しんだい》の下に押し込める。

「い、いいいいたいっ。私は荷物じゃないわよ!」

「黙って。お嬢様《じょうさま》、これから先はひと言も声を発してはいけません」

ぴんと張りつめた静蘭の声に、寝台の下で秀麗はひとり息を呑《の》んだ。燕青が囁《ささや》くように秀麗に告げる。

「——なあ忘れんなよ姫さん。あんたは州牧で、紅家直系のお姫さんてことをな」

そのときだった。

騒々《そうぞう》しい足音とともに、今まで秀麗たちがいた室の扉が乱暴に蹴《け》りあけられる気配がした。制止する宿の者たちの悲痛な声も無視して、ガタガタとそこら中をひっくり返す音が聞こえてきた。そして間をおかずにこちらへ向かう複数の足音。

「ここか!?」

探索《たんさく》の声は、扉を開けてすぐに一歩退《ひ》いた。

適当な態度で棍《こん》に寄りかかっている髭《ひげ》もじゃ男と、一瞥《いちべつ》だけで凍死《とうし》しそうな視線を向けてくる青年には、それだけの威圧《いあつ》感があった。

「やーっぱりお役人さんかぁ。何か、用？　まだやましーことした覚えないんだけど？」

それでも隊長格とおぼしき武役人は、決死の思いで一歩踏《ふ》みだした。

「覚えはないだと？」

視線は燕青だけに向けられていた。懐《ふところ》から出した書状を突《つ》きつける。

「その髭面《ひげづら》、背格好、棍、間違いない。我々は崔里《さいり》関塞《かんさい》の者だ！　去年の夏及《およ》び今年の春、堂々と関所破りをした男がいけずうずうしい!!」

燕青は目を点にした。何かを思いだすように顎《あご》に手をやり、そして一拍《いっぱく》。

「……あー、そいや、したかも？」

静蘭がすかさず燕青の頭を殴《なぐ》った。

「認めるなこのバカ！　事実でもすっとぼけろ!!　案山子《かかし》以下かお前の頭はっ！」

しかし否定しようにもすでに遅《おそ》い。武役人は嬉々《きき》として声を上げた。

「よぉしひったてぃ！」

わらわらと押し寄せる手下の者たちに片手を上げた格好のまま、武役人は得意げに続けた。

「いいか、貴様らの余罪はあがってる。ここひと月にわたって、近隣《きんりん》の街や邑《むら》を襲《おそ》っての金品強奪《ごうだつ》、強盗《ごうとう》殺害、子さらい及び人身売買他諸々《もろもろ》。――いいな、観念して洗いざらい吐《は》いてもらうぞ〝殺刃賊《さつじんぞく》〟の一味、〝小棍王《しょうこんおう》〟!!」

瞬間――秀麗の全身から冷たい汗《あせ》が噴《ふ》き出した。

守るように前にいてくれた二人の青年が、はっきりと雰囲気《ふんいき》を硬化《こうか》させたからだ。いや、硬化などという生やさしいものではなかった。近寄る者すべて氷の刃《やいば》で切り裂《さ》いてしまうかのような――心胆《しんたん》を寒からしめる圧倒《あっとう》的な殺気。

（怖《こわ》い――）

それは、いまだかつてこの二人に抱《いだ》いたことのない恐怖だった。

秀麗だけを寝台の下に隠《かく》して、彼らは何をする気なのだろう。今の秀麗の位置からでは足だけしか見えない。寝台の上に座る影月と香鈴が、わずかに震《ふる》えているのがわかった。

うしろに隠れていてもそれほどなのだから、対峙《たいじ》する武役人たちは言うに及ばずだった。

震えるどころか意識までぶっ飛んだのか、時が止まったかのように微動《びどう》だにしない。

「……へえ？　なんか、おもしれーこと言ったじゃん」

殺気を解いたのは燕青のほうが早かった。もしかしたらそれはほんの一瞬のことだったのかもしれないが、秀麗はようやく縛《いまし》めを解かれて息を吸えたような気がした。

いつもの調子でにっかと笑うと、燕青はおもむろに静蘭の両頬《りょうほお》をみょーんとひっぱった。

「………………燕青」

「なー、おもしれーこと聞いたな静蘭。ほれ笑えっての。つか笑うしかねーだろ」

おどけておきながら、燕青の瞳はちっとも笑っていない。

「いやぁ予想外の罪状！　なんっか関所破り以外、俺全然身に覚えねーんだけど。久しぶりに不愉快《ふゆかい》な昔のあだ名で呼ばれちまったしよ、こっちから行く前に迎《むか》えにきてくれたんだから、ちょっくら行ってくるわ。……姫《ひめ》さんたち《あっち》は任せたぞ？」

ふっと、静蘭の全身から力が抜《ぬ》けた。思わず、というように笑う。

「確かに、笑うしかないな」

「ま、あとで甘露茶《かんろちゃ》でも淹《い》れてもらってのんびりしてろって。それからコレ預かっといて」

燕青は棍をあっさり静蘭に渡《わた》すと、武役人に向けてひらひらと両手を振《ふ》った。

「さ、早く行こうぜ。とっつかまえてぇのは俺だろ？　でも俺もちょっと暇《ひま》じゃなくってなー。抵抗《ていこう》しねーから優しくしてくれよ」

燕青の人を食った態度に、ようやく隊長格の武役人は金縛《かなしば》りから逃《のが》れることができた。

「あ、あいにくと、連れて行くのはお前だけじゃない。全員だ」

言葉と同時に、ざっ――と、剣《けん》や矛《ほこ》の先が一斉《いっせい》に向けられた。

「なぜ」

「そちらの男は〝小旋風《しょうせんぷう》〟だろう」

「………‼」

役人の指摘《してき》に、静蘭が息を呑む気配がした。

「――だめだ。抵抗すんな、静蘭」

やがて諦《あきら》めたような燕青の声が響《ひび》き、ガシャガシャと動き回る重装備の男たちの足音、香鈴を気遣《きづか》う影月の声がそれに続いた。

寝台の下にいた秀麗には、静蘭たちがどんな顔をしているのかまるでわからなかった。ただ何の抵抗もなく足音が室から去っていくのを聞いていた。

まるで、夢の中のような出来事に思えた。

秀麗はその間ずっと、寝台からでなかった。そして室が再びしんと静まりかえったのち、ようやくのろのろと這《は》いだした。膝《ひざ》をはたいて立ち上がる。

そこにはもう、誰《だれ》もいなかった。怯《おび》えた宿の者たちは、様子を窺《うかが》いにもこない。

荷物も洗いざらい持っていかれていた。秀麗に残されたのは、寝台の下に一緒《いっしょ》に押し込められた自分用の小さな袋《ふくろ》一つきりだった。

ぐらぐらとする額をおさえて何か口に出そうとしたが、声は言葉にならず、ただ大きく息を吸って吐くことしかできなかった。不自然な呼吸を数度繰《く》り返して、そしてようやく、ひと言だけ唇《くちびる》からこぼれ出た言葉は。

「……嘘《うそ》でしょう……」

呆《あき》れと、あきらめと。

ただ一人残された秀麗は、悪夢を振り払《はら》うように、ゆっくりと頭を振った。

第二章　旅は道連れ世は情け

「主上、少々頼《たの》みがあるのじゃが」

ひょっこり執務《しつむ》室《しつ》に入ってきた霄《しょう》太師に、劉輝は書翰《しょかん》から目も上げず即答《そくとう》した。

「却下《きゃっか》」

「ほほう。どうやら主上は、秀麗殿《どの》に嫌《きら》われたいとみえますのう」

ぴく、と劉輝の耳が反応した。

「な、なんだそれは。どういうことだくそじ……霄太師」

しかし霄太師は視線をふらりと庭院《にわ》へ向けた。木々は目に痛いほど青々と茂《しげ》っている。

「すっかり夏ですのう。燃えるような恋《こい》の季節ですのう。秀麗殿は長年あの茶州府を支えつづけた真に気骨ある官吏《かんり》たちに囲まれることになるんですのぅ……。いい男も一人二人ではありますまい。年上で頼《たよ》りになって傍《そば》でしっかり支えてくれちゃったりする凜々《りり》しい官吏たちは、狭量《きょうりょう》で甘ちゃんで呪《のろ》いの藁人形《わらにんぎょう》送りつけてくる――そうそう今もほれ、こんなに頑張《がんば》る健気《けなげ》な老官吏を『くそじじい』よばわりして邪険《じゃけん》にする顔だけ男よりよっぽど魅力《みりょく》的でしょうなぁ。主上なんざ、もうすっかり忘れ去られてしまってもしょーがないですの」

劉輝はぷるぷると肩《かた》を震わせた。

（……じじい。今すぐ埋《う》めてやる）

どんな手を使って埋めようか即座《そくざ》に考えを巡《めぐ》らせた劉輝だったが、次の霄太師の言葉に怪訝《けげん》な顔をした。

「ま、わしは良いですがの。別に聞いてもらわずとも勝手に行きますじゃ」

「行く？　どこへだ」

「茶州へ」

霄太師は意地の悪い笑《え》みを浮《う》かべ、懐《ふところ》から小箱をとりだした。

「これを、届けにの」

言葉と同時に、ピン、と軽い音を立ててふたが開く。

中のものを見て、劉輝は思わず立ちあがった。次いで、物凄《ものすご》い目つきで睨《にら》みつける。

「……この腹黒極悪性悪《ごくあくしょうわる》じじい」

「とゆーことで、しばらく暇《いとま》をいただきますぞ。古い知人も訪ねるつもりですからのぅ」

「……休暇貰《きゅうかもら》うのになんでそんなに偉《えら》そうなんだ。この名誉職《めいよしょく》に胡座《あぐら》かきじじい」

「おっしゃるとおり、所詮《しょせん》は名ばかりの太師職ですじゃ。老い先短い年寄りたっての願いと思って、大目にみるがよろしかろう。ゲホゴホ」

国が滅《ほろ》びるまでくたばりそうにもない霄太師は、しゃあしゃあとそう言ってのけて、さっきまで劉輝が読んでいた書翰に視線をやった。

「その書翰の相手が茶州の都に到着《とうちゃく》するのは、そう…ひと月以内といったところですかな?」

劉輝は瞠目《どうもく》した。——これは、絳攸や楸瑛にさえ言っていないのに。

くつくつと霄太師は笑った。

「年寄りにかなわぬからというて、落ち込むことはございませんぞ。無駄《むだ》に生きてきたのでなくば経験上、若者より上手《うわて》なのは道理」

「……亡《な》き茶太保もか」

「愚問《ぐもん》」

百年早い——といわんばかりの顔をして、霄太師は踵《きびす》を返した。

「待て。いまお前に不在にされるわけにはいかぬ。それは他《ほか》の者に——」

「残念ながら、これを他に任せるわけにはいきませんのでな。それに、わしが不在でも適任がおるですじゃろう。そう……三月前のように」

「——」

「なんならここで一筆書いていきますぞ」

結局この老臣の手のひらの上で弄《もてあそ》ばれているのだと、劉輝は実感した。そして無言で筆と料紙を差し出す。

さらさらと筆のすべる音を聞きながら、劉輝は呟《つぶや》いた。

「訊《き》きたいことがある」

問う前に、霄太師はあっさり答えた。

「あれは見かけによらず頑固《がんこ》ですからのぅ。それに、先王陛下には少ぉしばかり弱みがありましての。無理強《じ》いすることはできなかったですじゃ」

「……もう一つ。その指輪を、誰に渡すつもりだ」

「心配せずとも、前途《ぜんと》有望な新米官吏たちをいぢめるような真似《まね》はやりませんぞ。選ぶのはわしでなく指輪《これ》ゆえ、それだけは確約できますな」

妙《みょう》な答えに、劉輝の片眉《かたまゆ》があがった。しかしそれ以上霄太師は言わなかった。

「いやぁ、秀麗殿の顔を見るのもひさしぶりですなー。二胡なんか弾いてもらっちゃって、お茶と秀麗殿特製手作り饅頭でもまったりいただきましょうかのぅ」

鼻歌まじりで去っていく老臣に、劉輝はキレてドカッと机案《つくえ》を蹴《け》り飛ばしたのだった。

●❋●❋●

「うわっちゃー。俺たちだけひでー扱《あつか》いだよなぁ」

ぴちょーんぴちょーんといかにも嫌《いや》な水音が響くなかで、呑気《のんき》な声が落ちた。

「お前のせいだぞ静蘭。放《はな》した途端《とたん》暴れやがって。まったく俺がつかまえなかったら今頃《いまごろ》この関塞《かんさい》、百年後には惨劇《さんげき》小説の格好の舞台《ぶたい》になってたぜ」

「どこの世界に仲間を投獄《とうごく》する手伝いをして、挙げ句一緒に放《ほう》りこまれるバカがいる!!」

即座に向かいの牢《ろう》から拳大《こぶしだい》の石が殺気を放って飛んできた。格子《こうし》の間を見事に縫《ぬ》ったばかりか、この薄闇《うすやみ》の中で的確に燕青の頭部を狙《ねら》ってきた。当たれば間違《まちが》いなく即死《そくし》の勢いのそれを、燕青は首を傾《かたむ》けるだけで避《よ》けた。

「おい、なんでそんなもんが牢の中に落ちてんだ。ったく危ねーなぁ。今の当たってたら死んでたぞ」

「バカは死ななきゃ直らんというから、一度死んでくればちょうどいいだろう！　だいたいバカ正直につかまる奴《やつ》がどこにいる！　くそ、お前だけ置きっぱなしにして、とっとお嬢様《じょうさま》たちを連れて窓からでも逃《に》げればよかった」

　はっきりいって武術では静蘭より上の燕青である。彼にさりげなく腕《うで》を押さえられていたために、静蘭はまるきり動くことができなかった。

「だって窓の外にも色々いたじゃんかー。まさか州牧ご一行が役人殴《なぐ》り飛ばして関所破りするわけにはいかないだろ。それこそあとで判明したら突っ込まれるぞ」

「お前だろそれは！　去年の夏も、今年の春も、役人殴って気絶させてその隙《すき》に勝手に検印捺《お》してきただと？　何でお前のとばっちりを私たちが食うんだ」

「だってちゃんと正規の手形もってたんだぜ？　なのに難癖《なんくせ》つけて通さねーっていうからさ。じゃあもう頼まねーよって自分で判子捺してきただけじゃん。正規の手形、正規の検印、まったく、考えてみりゃこれのどこが関所破りなんだよなー」

「前言撤回《てっかい》だ。お前のバカは死んでも直らない」

　氷雪のごとき冷えた声音《こわね》に、燕青は溜息《ためいき》をついた。

「まったく、いつまでも根にもつなよ。香鈴嬢ちゃんも養生が必要だし、留守にしてた数ヶ月で俺の知んねーことも増えたみたいだしさ。本格的に茶州に入る前に、ちょっくら情報収集してもいーじゃん。狙い通り香鈴嬢ちゃん、ばっちり姫《ひめ》さんと間違えられて影月と一緒《いっしょ》に手厚い看護受けてるっていうしさ」

『姫さん』の単語に、静蘭の殺気はいや増した。

「――お嬢様に何かあったら、貴様をぶち殺す」

「少しは信じてやれよ。俺たちが引っ立てられるときも、姫さんは寝台《しんだい》からでてこなかった。姫さんだってバカじゃねぇ。機転きくし何より自分が誰《だれ》かわかってる。何が最善の策か、ちゃんと考えてる」

「だからと言って、護衛もなしに女性一人で行かせるのがどれほど危険か、お前にわからないはずはないだろう！　お嬢様は影月くんと違って旅慣れてない。しかも今は――」

「それでも、姫さんはそれを選んだんだ。だいたい俺たちと一緒にとっつかまって益があるか？　茶本家は易々《やすやす》と州牧二人を手に入れちまうことになるんだぜ。影月は香鈴嬢ちゃんの看病をしなくちゃならんし、最悪あいつは酒がありゃ一人でもなんとかなんだろ？　でも姫さんはそうはいかねぇ。一緒にとっつかまればただの足手まといだ」

次の瞬間《しゅんかん》、燕青は片手で石床《いしゆか》を打つと宙返りをした。直後、石壁《いしかべ》が礫《つぶて》の連打を受けて激しい音をたてる。向かいの牢から放たれる空気を慄《ふる》わせるような殺気で、肌《はだ》が灼《や》ける気さえした。

燕青は呆《あき》れたように短い髭《ひげ》を爪《つめ》の先でひっぱった。

「落ち着けよ静蘭。わかってるだろう？　何があっても姫さんは死なない。紅一族が死なせないさ。ここまで比《ひ》較《かく》的平穏《へいおん》にこれたのも、そのせいだってわかってるだろ？　姫さんは茶一族ごときにどうこうできる相手じゃねぇ。だけど姫さん本人はそれを知らない。知らなくても、姫さんは自らそれを選んだ」

目先のことに惑《まど》わされず、秀麗一人残した燕青の行動の意味を彼女は汲《く》んだ。

燕青の声が嬉しげに響《ひび》いた。

「誇《ほこ》りに思うぜ。さすが俺の上司だ」

「――二度と、お嬢様の命を秤《はかり》にかけて試《ため》すような真似をするな。お前でも許さない」

圧《お》し殺した声で告げる静蘭に、燕青は鼻を鳴らした。

「試す？　違うな。これは姫さんの州牧としての状況《じょうきょう》判断の結果だ。それにもう一ついっとくけどな。俺は姫さんと影月の副官だ。上司の命を天秤《てんびん》にかけるような真似するかよ」

燕青は親指と人差し指で、ごく何気なく石床を弾《はじ》いた。その瞬間、石床を通してびりびりとした気迫《きはく》が波紋《はもん》のように広がり、静蘭の殺気と衝突《しょうとつ》した。

「静蘭、俺は姫さんの副官として、上司の意志は尊重するぜ。俺と悠舜の立場は補佐《ほさ》だが、甘やかして守るわけじゃない。何もかも俺たちが決めてやらなきゃ動けない上司なら、最初《はな》からいなくたって同じだ。姫さんも――影月もな」

声もあげずに、おとなしく連行された影月。

彼もまた、決して愚《おろ》かではない。王がわずか十三の彼を茶州州牧に任命したのは、状元及《きゅう》第《だい》のせいではない。学があるだけでは、州牧など到底《とうてい》務まらない。

「考えること、判断すること。そうやって判断したことの責任をきちんと取ること。上に立つ者の役目ってのは、そういうもんだろう。——そいつが無謀《むぼう》なら止める。理にかなってると思ったら、従い、その手助けをする。それが俺の役目なんだよ」

ふ、と静蘭は息をついた。その瞬間、まるで霧《きり》のように殺気が晴れる。

「……私はお前とは違う。州牧たちの護衛が役目だ。お前の言うとおり、極端な話、影月くんは一人でも何とかなるだろう。問題はお嬢様だ。なぜ、私まで一緒にここへ連れてきた？」

「いったろ。上司の意志は尊重するってな」

「……何？」

「姫さんからお前のことをくれぐれもよろしくって頼《たの》まれててな。まあいつものお前なら残してきてもよかったけどな——お前、いまかなり不安定だろ？」

「——」

「嘘《うそ》つくなよ？　はっきりしいって俺だって仰天《ぎようてん》したんだからな。〝殺刃賊《さつじんぞく》〟——まーさか今になってこの名前、聞くことになるとはなぁ」

燕青はガシガシと乱暴に頭をかいた。……まあ、姫さんのおかげで、静蘭の動揺《どうよう》も思ったほどではなかったけれど。それでも。

「お前、見境なくなって暴れ出しでもしたら、止められるの俺くらいじゃん。あのままお前と姫さんだけ放《ほう》りだして、根も葉もない風評耳にしてさ、イライラしたり動揺したりして、見えるモンまで見えなくなっちまわないって言い切れるか？　んなお前を姫さんにくっつけても、助けになるどころか余計な不安材料増やすだけだね」

「……相変わらずむかつく男だ」

怒《おこ》るというよりは拗《す》ねているような声に、燕青は笑った。

「元気出てきたじゃん。そうそ、俺にならいくらでも八つ当たってくれて構わないからさ。とりあえずちゃんとした情報集めようぜ。そうしたら肝《きも》も据《す》わるし、対応も考えられる。適当な噂話《わきばなし》を百集めるより、直截《ちょくせつ》大物にズバリ真実聞くのがいちばんいい。茶家の動きも〝殺刃賊〟のこともな。逃げるのはそれからだって全然遅《おそ》くねぇ。だろ？　俺とお前が一緒にここにいりゃ、遅かれ早かれ絶対くる」

誰が、と燕青は言わなかったし、静蘭も訊《き》かなかった。

「なあ静蘭、姫さんは大丈夫《だいじょうぶ》だって。俺の上司だぞ？　金華で会えるさ。絶対な」

途端、がごん、と苛立《いらだ》たしげに石が飛んできた。

「たかだか一年足らずの付きあいのやつが、私よりデカい面《つら》でお嬢様の話をするな」

「だーってさ」

燕青は頭のうしろで腕を組むと、くつくつと笑った。

「手負いの獣《けもの》みたいなお前を拾ってさ、ここまで変えてなつかせてさ。あまつさえお前に茶州行きまであっさり承知させちまうような姫さんだぞ。信頼《しんらい》もするって」

不意に、牢《ろう》の重い鉄扉《てっぴ》が勢いよく開かれる音が聞こえた。

二人の青年は同時に視線を動かした。

「おいでなすった。結構早かったな」

乱暴な沓音《くつおと》が石床にうるさいほど高く響き渡《わた》る。音は燕青の牢の前で止まったが、かわりに叩《たた》きつけるように格子《こうし》が鳴った。さっと灯《ひ》が狭《せま》い牢内を照らす。

「……まさかとは思ったが、その顔、本物の浪燕青か」

鍛《きた》え上げられた体軀《たいく》の、三十過ぎの男だった。もとの造作はそれほど悪くはないが、凶悪そうな両眼と、傍目《はため》にもにじみでる凶暴性《きょうぼうせい》が、見事にそれを打ち消していた。

燕青はいかにも軽く手を振《ふ》った。

「おや草《そー》ちゃんじゃん。久しぶり〜。わざわざ出しにきてくれたわけ」

「草洵様と呼べ！　年下のくせに相変わらずふざけた野郎《やろう》だ。出してやる、ただし死体でな」

ぎらり、とその男――茶草洵の目が光った。

「お前と一緒にいたってことは、あの小僧《こぞう》と娘《むすめ》は本物の新州牧ということか」

「本人に訊いてみたら」

「偽者《にせもの》だろうが構うか。必要なのは佩玉《はいぎょく》と印だ。あれさえあれば適当なやつを自由に州牧にできるからな」

「うわー相変わらずバカ正直だねぇ草ちゃん」

「――だが肝心《かんじん》のそれが、どこにもなかった。言え、どこに隠《かく》しやがった」

「さあ？」

燕青は肩《かた》をすくめてみせた。

「佩玉と印に訊いてみたら？」

格子が派手な音を立てた。草洵が怒《いか》りにまかせて、手にした大槍《おおやり》で格子を打ったのだ。

「──それより貴様の体にきいてやる、といいてぇところだが、挑発《ちょうはつ》しても無駄《むだ》だ。お前を牢から出したら最後、何しでかすかわかったもんじゃねぇからな」

燕青は目を丸くした。

「どーしたわけ。ちょっと見ないうちにずいぶん理性的になったじゃん、草ちゃん」

「うるせぇ！　しばらくそん中で泣いてろ。お前さえ捕《つか》まえときゃ、どんな新州牧がこようが関係ねぇんだ。どうせ素直《すなお》に隠し場所を吐《は》くとは思ってなかったしな。別に言わなきゃいわねぇで構わん。隠して運ぼうが何しようが、最終的には州都に入ってくる。州城のある琥璉《これん》は俺たちの縄張《なわば》りだ。お前と鄭悠舜さえ消せれば、ゆっくり探せるってもんだ」

「ほんと知恵《ちえ》づいたなぁ。なあ草ちゃん、誰《だれ》に教えてもらった？」

高い金属音がその場に響いた。

髪《かみ》一筋の差で燕青は大槍をかわしていた。かわりに堅牢《けんろう》な石壁が崩《くず》れ、パラパラと石片《せきへん》が床を叩く。かわしていなかったら燕青の頭部は跡形《あとかた》もなく吹《ふ》っ飛んでいただろう。

「……できるならてめぇは俺の手で殺してやりてぇよ」

「無理だろ。不意打ちでもこれだからなー」

「お前に下手に牢番つけると何すっかわかんねぇからな、餓死《がし》させてやる」

「ええー、いちばんヤな死に方。腹減ったよー」

「いいか、金華はすでにおさえてある。〝殺刃賊〟がな」

一拍《いっぱく》ぶん燕青の呼吸が遅《おく》れた。その反応を気に入ったらしく、草洵はにやりと笑った。

「そうだ、あの〝殺刃賊〟が俺たちの私兵になった。騙《かた》りじゃねぇぞ。本物だ」

「……〝殺刃賊〟って、ずいぶん前に壊滅《かいめつ》したはずだろ」

「生き残りがいたんだよ。それもかつての副頭目――瞑祥《めいしょう》がな」

その言葉に燕青ともうひとり、静蘭がわずかに反応する。しかし得々としゃべる草洵は気づかなかった。

「二十年に亘《わた》って茶州を席巻した伝説の極悪盗賊集団《ごくあくとうぞく》の副頭目が、地に潜《もぐ》って手勢を着々と集め、再起を図ってたってわけだ。目障《めざわ》りな〝茶州の禿鷹《はげたか》〟も死んで機は熟した。この時期に再結成の旗をあげるなんざ、まるで俺らに天が味方してるみてーじゃねぇか。いっとくがそこらの盗賊集団とはわけが違《ちが》うぜ。俺から見ても、どいつもこいつも手練《てだ》ればかりだ」

「旗揚《はたあ》げの際に茶家――いや、仲障殿《どの》に、資金援助《えんじょ》でも頼んだか。で、見返りが私兵、と」

恥知らずな行為と思うどころか、草洵はいかにも得意げに頷《に》いた。

「茶家の後見がついたぶん、前よりよっぽど厄介《やっかい》だぜ？　逃げられるもんなら逃げてみろ」

余裕綽々《よゆうしゃくしゃく》に腕《うで》を組むと、草洵は踵《きびす》を返した。追って鉄扉の閉まる音がする。

燕青は頬《ほお》をかいた。

「……草洵のうしろに、誰か別の奴《やつ》がいるな」

「ああ、いかにも自分の考えのようにしゃべってたが、あれは誰かに入れ知恵されている」

「いつもはあんなにごちゃごちゃ考えねーからなぁ草ちゃん。餓死なんてさ、多分今回初めて知った単語だぜ？　普通なら絶対『てめぇは俺がぶっ殺すー！』って槍振り回して追っかけてくるもん。根が単純だから」

「だろうな」

「でも草ちゃん、無駄に自我つえーから、自分を支配しようとする奴には鼻がきくんだよな。ああもキレイに丸めこむのは意外と難しいぜ。仲障じーちゃん…でもねぇな。あのぶんじゃ、もっと近くにいる奴だ」

燕青の言葉を受けて、静蘭が思案げにうなずく。

「ああいうのは自分と同じ手合いで、しかも自分より上とわかった相手にはわりと素直になびくな。そういう奴になら頭の良さを見せつけられても、逆に感心して得意げに受け売りする」

「草ちゃん〝殺刃賊〟に入りたかったんだって。その矢先に潰れたって怒ってたぜ」

真実を知らない者のなんという愚《おろ》かなことか。静蘭は凄絶に笑った。

「……バカが」

「いやほんとバカなんだ草ちゃん」

ごん、と頭をぶつける勢いで石壁《いしかべ》に寄りかかる。

「瞑祥《あいつ》が生きて、出てきたか。確かに厄介だなー。道理で〝小棍王《しょうこんおう》〟なんて昔の渾名《あだな》知ってるわけだ。この時期に、こうくるなんてさ、ほんっと謀《はか》ったみてーだよな。——静蘭」

「……なんだ」

「そうおどろおどろしい声だすなよ。俺がいるじゃん。するんだろ、亡霊《ぼうれい》退治？」

その亡霊の名は、『過去』。

「する。お嬢様《じょうさま》に昔のことを暴露《ばくろ》する可能性のあるやつは、全員奈落《ならく》に叩き落としてやる」

燕青はふと微笑《びしょう》した。

「いいなぁ、お前ほんと前向きになったぜ。姫《ひめ》さんたちに感謝しとけよ」

静蘭は何も言わなかった。

「何にしろ、姫さんとの合流先は最初の予定どおり金華の街だ。けど、あそこをおさえてんのって、十中八九〝殺刃賊《さつじんぞく》〟だろーからな。昔とまんま同じことやってるらしいし、州牧補佐《ほさ》としても芽は早いとこ摘《つ》んどかないと。どうせ行き先は同じなんだし、一石二鳥を狙《ねら》おうぜ」

「影月くんたちはどうする」

「それを決めるために、もうちょっとばかりここにいていいか？」

「……は？」

「うまくいけば今夜にでも、ことが起こるかもしれないからさ。まあカンだけどな。ちょっと待ってみようや」

静蘭はそれ以上訊かなかった。燕青は草洵とは違う。何も考えてなさそうに見えて、実は考えることを惜《お》しまない。直感と結びついた彼の考えは、時に理屈《りくつ》を凌駕《りょうが》することさえある。

「ぜんぶ終わったらみんなで甘露茶《かんろちゃ》すすろうぜ。姫さんにおいしいの淹《い》れてもらってな」

「……ああ」

返ってきたやわらかい声に、燕青は頬を緩《ゆる》めた。そして左頬の傷をなぞる。

静蘭も視線を上げて薄暗《うすぐら》い中空を見た。

期せずして、二人は同じ言葉を胸中で呟いた。

――十四年、か――と。


「香鈴さん、大丈夫《だいじょうぶ》ですか？」

捕《と》らえられたあと、なぜか影月と香鈴は、他の拘束者《こうそくしゃ》たちとは異なる良い室に通された。できる範囲《はんい》で薬や食事を用意してもらったため、旅宿のときよりもよく看病ができた。

(……これはー、ひょっとしなくてもひょっとしますね)

ふ、と香鈴が目を覚ました。やや呼吸があがっている。

「……秀…麗様は……？」

「大丈夫です、逃げました。と、思います、たぶん。静蘭さんと燕青さんは地下牢に」

香鈴は顔を歪《ゆが》めた。

「わたくしなど……置いて逃げればよろしかったのです……！」

「香鈴さん、生活を切りつめるのに、いちばんいい方法って知ってますか？」

唐突《とうとつ》な質問に、香鈴は毒気を抜《ぬ》かれた顔をする。

「いつだって、一石二鳥を考えるんですー。たとえば割れて使えなくなった竹箸《たけばし》、捨てても構いませんけど、うまく削《けず》ればこんどは楊枝《ようじ》が何本もできてお得です！」

にこにこと笑う影月は、まるで何の心配もしていないかのようである。こんな時だというのに、香鈴はつられて思わず笑ってしまった。慰《なぐさ》められたら余計自虐《じぎゃく》的になっただろうけれど、影月はまったくそういうことも考えてなさそうだった。

「……ぜんぜん意味がわかりませんわ」

「なぜ、燕青さんがわざわざ秀麗さんだけを隠《かく》して、すんなりつかまったと思いますか？　その状況《じょうきょう》なら大丈夫だと思ったからだと思います。本当は燕青さんが先に一人でつかまるはずで、香鈴さんの病もゆっくり治したあとに僕たちは他人のふりして関所を抜けるつもりだったんですけれど。先にお役人さんに見つかって、燕青さんと一緒《いっしょ》につかまるなら、四人一緒につかまったほうが良策だったんです。そう――四人で」

影月は香鈴の額からぬるくなった手巾《てぬぐい》をとると、氷水にひたした。

「茶家が捜している州牧は、十三歳の少年と、十七歳の少女。そして補佐に任命された前茶州州牧の浪燕青さん。彩《さい》七家なら勿論《もちろん》、主上直々の下命を受けた専属武官さんの情報も手に入れていると思います。捜しているのはこの四人組です」

香鈴は瞠目《どうもく》した。……まさか。

「……わたくしに、秀麗様の身代わりを……？」

影月が、珍《めずら》しく真剣《しんけん》な表情でうなずいた。

「燕青さんと一緒なら、佩玉《はいぎょく》も印もなくても、真実味があります。だからこそ、一緒につかまることに意味があったんです。秀麗さんが紅《こう》家直系のお姫様ということも、この場合はとても有利です。普通《ふつう》、紅家の姫ときけばまず間違いなく深窓の姫君を連想するでしょう？　朝廷《ちょうてい》にいたときさえ、紅姓《せい》で、吏部尚書《りぶしょうしょ》の後見があったにもかかわらず……いまだにほとんどのみなさんが、秀麗さんのことを紅家直系とは考えもしないですからねー。その点、香鈴さんなら——あーこんなことといったら秀麗さんに怒《おこ》られちゃいますけど——誰《だれ》もが信じ込みます。大切に大切に育てられたでしょう？」

手入れの行き届いた白くすべらかな手のひらも、まるで傷《いた》んでいない美しい黒絹の髪《かみ》も。折れそうなほど華奢《きゃしゃ》な肢体《したい》も。そして何より挙措《きょそ》の優雅《ゆうが》さや、にじみでる品性や教養が。

初めて香鈴と会ったとき、まるで物語から抜け出た姫君のようと思ったものだ。

それを思い出して、影月はちょっと額を赤らめた。

「……あの、別に秀麗さんが大切に育てられてないっていうんじゃなくてですね、香鈴さんは〝紅家直系〟を名乗っても、全然おかしくないってことです。身の危険もないと思います。僕は庶民《しょみん》だし州牧ってこと以外、利用価値ないんでアレなんですけど、さすがに茶家には紅家を敵に回す度胸はないと思いますから」

ちょっと前に起きた宮城下の騒《さわ》ぎを思いだしながら、心から影月は言った。はっきりいって格が違う。藍家以外の五家を、紅家は完璧《かんぺき》に抑《おさ》えていた。もしかしたら、彼女の叔父《おじ》たちがあそこまで突っ走ってみせたのは、先を見越してのことだったのではと今は思う。茶州に赴《おもむ》く姪《めい》への一助として、茶家に改めて紅家との力の差を思い知らせるために。

だからこそ、王も秀麗を送り込んだのだろう。茶家は絶対に、秀麗を殺したり、力ずくで排《はい》除《じょ》したりはできない。紅家直系という肩書《かたが》きは、秀麗自身がどう思おうと、立派な武器になるのだ。

「だからこそ、今こうして手厚い看護もさせてくれるわけです。つかまったおかげで、お宿代もご飯代もお薬代も浮《う》きましたしー、香鈴さんもずっとよく養生できますしー、秀麗さんへの追及《ついきゅう》も阻《はば》めて金華に行きやすくさせてあげられます。秀麗さんには優《やさ》しい叔父さんがいらっしゃいますから、一人でも危険は少ないはずです。いいことずくめじゃないですかー」

「……なんだか、本当にそんな気がしてまいりましたわ……」

影月は絞《しぼ》った手巾をそっと香鈴の額に乗せた。

「僕たちもタダで快適に、護衛つきで金華の街まで行っちゃいましょう。連れてってくださるかたが、近いうちにいらっしゃると思いますし」

「静蘭様と燕青様……？」

「いいえ、あのお二人は最後の切り札と思わなくては。手に負えなくなったときは助けにきてくださると思いますが、それまでは僕たちだけで最善を尽《つ》くしましょう。足手まといになってしまいます。どんなときも、精一杯《せいいっぱい》のことをしなくては。……ああ、そうか」

影月の脳裏《のうり》に、燕青の「宿題」の答えが閃《ひらめ》いた。

「……だから、満点じゃなかったんですねー」

「？」

「なんでもありません。お二人にもやることがあるでしょうし、僕たちのお守《も》りがお仕事じゃありませんからね。秀麗さんのためにも、頑張《がんば》って騙《だま》し抜きましょうね」

がぜん、香鈴の目に意欲の炎《ほのお》がわいた。

「ええ。わたくし、秀麗様のために、立派にやり抜いてみせます！」

影月はにこにこと付け加えた。

「香鈴さん、さっき笑ったでしょう？　もっと笑っててください。香鈴さんは、笑ったほうがずっとずっと素敵《すてき》ですよー」

沈黙《ちんもく》のち、香鈴は熱以外の理由でぽっと頬《ほお》を染めた。

「……生意気ですわ！」

不意に、扉《とびら》が小さな叩音《こうおん》をたてた。

拘束した相手にずいぶん丁寧《ていねい》な――と思いつつも、影月は扉を開けにいった。

そしてそこに立っていた人影《ひとかげ》に、影月と香鈴は思わず目を瞠《みは》ったのだった。


「――貴様らが新州牧だと？　マジでガキじゃねぇか」

入ってきたのは二人の男だった。

一人は三十と少しの繊細《せんさい》さのかけらもない大柄《おおがら》な男で、もう一人はどちらかというと小柄、年齢《ねんれい》も四十そこそこだろうと、身体的特徴《とくちょう》で影月は判断した。とはいえそちらの男は、外見だけでは四十歳と判断する者はまずいないような、怜悧《れいり》でさりげなく鍛《きた》え上げられた刃《は》のような男だった。

茶草洵と名乗った男は、つまらなそうに鼻を鳴らしたが、もう一人はむりやり上半身を起こした香鈴を一瞥《いちべつ》すると、納得《なっとく》したように頷《うなず》いた。

「……とりあえず、あの娘《むすめ》が相当な家柄の娘というのは間違《まちが》いなさそうですね。あとは、本物かどうかということですが——」

小柄な男は影月に視線を留めた。

「——『七経《しちきょう》』のなかで箕子《きし》が勇王に説いた天下を治める九つの大法は？」

影月は驚《おどろ》いたように目を見ひらいたが、大人しく答えた。

「五行《ごぎょう》・五事《ごじ》・八政《はっせい》・五紀《ごき》・皇極《こうきょく》・三徳《さんとく》・稽疑《けいぎ》・庶徴《しょちょう》・五福《ごふく》」

「『七経』どの書、どの項《こう》、どの頁《ページ》？」

「『書経《しょきょう》』洪範《こうはん》の項、四十二頁三行目から四十三頁十二行まで」

行数まで答えた影月に、男は片頬を緩めた。

「なるほど……では娘、詩仙《しせん》・茗茜子《めいせんし》がその名を高めるきっかけとなった詩の暗誦《あんしょう》を」

影月はぎょっとした。——それは延々百二十行からなる古《いにしえ》の大詩であり、教養の一環《いっかん》としては大概《たいがい》有名どころを一部抜粋《ばっすい》という形をとるのが普通であるし、それ以上覚える必要もない。

もともと定型を重視する近代詩と違って形式も韻《いん》も不定な自由奔放《ほんぽう》な古詩であるため、暗誦するにも非常に難しいことで知られているのだ。

病を理由にとりつくろおうと口を開きかけた影月の耳を、綺麗《きれい》な声が打った。

香鈴だった。熱で震《ふる》える声を必死で押しだし、朗々と暗誦するそれは、韻も声調も、一字一句まで完璧なものだった。香鈴がかつて厳しい選抜試験をくぐり抜けた宮女——しかも貴妃付きになれるほどの教養の持ち主とは知らなかった影月は、本気で驚いた。

冒頭《ぼうとう》はともかく、人気のない部分を含《ふく》めた最初の三十行を完璧に詠《うた》いあげたところで、小柄な男のほうから制止がかかった。

「……ふむ。熱でもそこまでできるとは、とりあえずは本物と見なしても良さそうですね。浪燕青も本物だったのでしょう？　草洵殿《どの》」

「あのふざけたツラと口調、あいつ以外、誰がいるかってんだ」

「あと、あなたの御祖父様《おじいさま》に依頼《いらい》されたのは、佩玉と州牧印か……」

顎《あご》に手を当てて思案する男に、草洵は指を鳴らした。

「このガキどもしめあげて吐《は》かせりゃいいだろが」

「いや——本当に知らない可能性のほうが高い。いちばん安全な金庫である浪燕青が所持していないのなら、他《ほか》の誰ももってはいないだろう。しめあげても知らないなら吐けない。おそらく浪燕青も最小限の情報しか教えていないはずだ。たとえば金華に行く——というような」

ごくわずかに影月の表情が動いたことを、男は見逃《みのが》さなかった。くっと笑う。

「……やはり。まあそう考えるだろう。もともと後生大事に抱《かか》えてもってくるとは思っていない。だからこそ先手を打って金華をおさえさせたのだからな。茶州一の商業の都、金華。州都に入る物品はすべてここを通過する。その量も質も半端《はんぱ》ではない。雑多な荷物に紛《まぎ》れこませて追っ手の目をすり抜《ぬ》けるにはうってつけだ。別経路を辿《たど》るとしたら、商品でくる」

「さすが〝殺刃賊《さつじんぞく》〟の新頭領、瞑祥だぜ！」

草洵は素直に感嘆《かんたん》の声を上げた。それを無視して男——瞑祥は続けた。

「佩玉も印もなしとなると、お前たちはただの子供だ。とはいえ利用価値はなくもない。浪燕青に対しては、多少なりとも人質《ひとじち》の意味はあるだろうし、娘には別の用途《ようと》もある。……草洵殿、弟君の朔洵殿は？」

「まだ金華にいるってよ。……ったくあのバカ！　街道《かいどう》は賊がでて危険だから怖《こわ》いんだとよ！　〝殺刃賊〟がついてるってのに、なに寝言《ねごと》飛ばしてんだあの腰抜《こしぬ》け野郎《やろう》！」

「ふむ。では、この二人を金華に連れて行ったほうが早そうだ」

瞑祥は香鈴を見てくつくつと嗤《わら》った。

「お嬢《じょう》さん、未来の義兄上が安全に金華まで送って下さるようなので、ご心配なく」

香鈴の黒目がちの瞳《ひとみ》が険しく瞑祥をとらえた。

「……どういうことですか」

「茶本家は、あなた様をこの草洵殿のすぐ下の弟君、朔洵殿の正妻にと望まれているんです。ですから丁重《ていちょう》にお連れしますよ」

あまりに唐突《とうとつ》な話に、さすがに影月は絶句した。しかし香鈴はキッと男を睨《にら》みつけた。

「ありえません」

「私におっしゃられても困りますね。さて草洵殿、私は一足先に金華に戻《もど》りましょう。浪燕青が脱走《だっそう》するまでは、この崔里に滞在《たいざい》したほうがいい。旅には病もちはつらいので、お嬢さんの完治もこめて」

「脱走!?」

「しますよ。浪燕青ならね。そうでなくては面白《おもしろ》くない」

くっと、瞑祥は笑って室を出て行ったのだった。

◉　❋　◉　❋　◉

崔里は関所があるために交通の要所として発展した、なかなかにぎやかな街だった。

そのなかでも最上級と呼べる旅宿の一室に『彼女』はいた。

彼女はなぜこの調度と無駄《むだ》な広さで利益がでるのか、まったく理解不能だった。さらに呆《あき》れたのは平然と新米官吏《かんり》の年俸《ねんぽう》ほどの代金を——庶民なら数年暮らせてしまう額だ——一晩ごとにポンと払《はら》って泊《と》まる人物がいるという事実だ。

（……まあ、私がお金払ってんじゃないけど）

まだ朝餉《あさげ》より少し早い時刻だった。

「……あっつー」

桶《おけ》から水をすくうと、秀麗は顔を洗った。ひんやりとした水がほてった頬を冷やす。

「あれから、もう七日、かぁ」

手巾で顔をぬぐいつつ、窓から昊《そら》を見上げた。日に日に昊の色は夏の濃《こ》さを増していく。起《き》床《しょう》も、体内時計というよりは暑さで起きてしまう季節になった。

秀麗は七日前を思いだした。


あの晩――静蘭たちが役人に連れていかれてしまったあと、秀麗は砂恭の街にでた。向かったのは、ある程度大きな街ならば大概存在する、全国商業連合組合支部。

『金華へ――』

どんなことがあっても、そこへ行けと燕青に言われていた。

もとより崔里の関塞《かんさい》に連れていかれただろう彼らを、秀麗には助ける手だてがない。この州境で、ただ彼らをむなしく待つこともできない。自分たちには、時間がないのだ。

い、い、い、どんなことがあっても――と燕青は言ったのだ。そして秀麗一人を残した。

こうなったらただ一人で、金華に行く覚悟《かくご》と算段をつけねばならなかった。

砂恭は夜でもにぎやかな街だった。茶州から紫州への最短経路であるため、両州からの旅人や商人たちの多くがここで一息ついていく。関所の向こう、崔里も似たようなものだという。

雑踏《ざっとう》を歩いていると、不意に秀麗の心が震えた。

『なあ姫《ひめ》さん、うまいもんいっぱいあるぜ。買ってきていい？』

『にぎやかな街ですねー。あっすごい！　古書屋さんがあります〜』

『お嬢様《じょうさま》もお疲《つか》れではありませんか？　氷など買ってきましょうか』

『秀麗様、わたくし…元気になったら、大きな土筆《つくし》を絶対とってみせますわ……！』

あれは、ほんの数刻前の出来事。今はもう、誰《だれ》も、いない。

きゅっと秀麗は唇《くちびる》をかんだ。心を誰かにぐちゃぐちゃにかきまわされているかのようで。

（……情けないわね！）

秀麗は、本当は独りには慣れていない。

振《ふ》り返れば、いつだって手を差しのべてくれる誰かがいた。官吏見習いとして、多くの悪意にさらされて出仕していたときさえ。――それはとても幸せなこと。

けれど今の秀麗には決して甘えてはいけないもの。頼《たよ》ってはいけないもの。

守られるのではなく、守るほうを選んだ秀麗は、今度は手を差しのべる側になった。たった一人になっても、佩玉《はいぎょく》も印もなく、誰《だれ》一人彼女が茶州州牧と知らなくても。秀麗はもはや、守られるだけの少女には戻れない。

一州の長なのだ。たとえ支えてくれる人が誰一人いなくなっても。与《あた》えられた責任から逃《のが》れることは許されない。

ふと、秀麗は軒《のき》を連ねるひとつに器楽屋を見つけた。並べられているなかに二胡《にこ》が置いてあるのを見つけて、そばに寄り、手にとった。

　すかさず店の主人が飛んできた。

「やあやあお嬢さんお目が高い！　それは黒州《こく》産のとても質のよい二胡ですよ！」

「試《ため》し弾《ひ》きをしてもいい？」

「どーぞどうぞ！」

　秀麗は実に久しぶりに二胡を構えると、弓をすべらせた。

　最初は戸惑《とまど》うようにややぎこちなく――けれど弾くごとにその音は驚《おどろ》くほど切れを増していった。どんどんあがっていく技倆《ぎりょう》に、往来を行き交《か》う人々も思わず歩みを止めて聴き入るほどだった。店の主人も思わぬ上質の楽師に、ぽかんと口をあけた。

　弾き終わった途端《とたん》、わっと沸《わ》いた往来に、秀麗のほうが仰天《ぎょうてん》した。

「やあやあお嬢さん見事な弾き手ですねぇ。驚きました。あなたのようなかたにもらわれるならその二胡も幸せでしょう。その腕《うで》に敬意を払って、特別にお安くしてさしあげますよ！　なんとこのつくりで銀五両！　いかがです⁉」

　しかし秀麗はさっさと二胡を返した。

「いらないわ。ちょっと発散したかっただけだったから。そんなに手持ちがないし、これから長旅の予定で無駄な出費は控《ひか》えたいの」

　主人はきらりと目を光らせた。

「お嬢さん、お手持ちがないとおっしゃいましたが、お髪《ぐし》に挿《さ》してらっしゃる簪《かんざし》で充分《じゅうぶん》すぎる路銀になるじゃあ、あーりませんか」

しゃらしゃらと鳴る簪は、珠《たま》すだれのようにいくつも華《はな》が連なっている。色とりどりのそれらはごく小さく、秀麗の質素な衣《きぬ》とあいまって一見硝子《がらす》細工と思われがちだが、実は良質の宝石細工でできている。華飾《はなかざ》りを一つ外して売れば、なかなかの値が付いてくれる。

(やるわねこの親爺《おやじ》)

王都屈指《くっし》の細工師につくってもらったこの簪の価値を見抜くとは、なるほど生粋《きっすい》の商人である。

「あいにくと、これを売る気もさらさらないの」

役人に静蘭たちが連行されていった際、荷物を一切《いっさい》合切もっていかれたので、秀麗の手持ちは自分用の小さな手荷物と、この簪くらいだ。先を考えれば何一つ無駄にはできない。確かにいい二胡だったが、もともと買う気はなかった。ゆううつな気分を一掃《いっそう》できればそれでよかったのである。秀麗にとって二胡は、無心になれるいい方法なのだ。

(あ……)

秀麗は返した二胡を見直した。じっと見つめると、先の言を撤回《てっかい》した。

「——銀一両なら買ってもいいわ」

「銀一両⁉　お嬢さんそれはひどい！」

「銀一両。これ以上はびた一文ださないわ」

「こ、この質で銀一両は泥棒《どろぼう》ですぞ」

「これ、銀五両って言ってたけど、せいぜい銀三両ね。小娘《こむすめ》と思って最初に銀二両もふっかけたんだから、今までずいぶん稼《かせ》いでんでしょ。たまには値切られなさいよ」

不意に、別なところから小さな笑い声があがった。

あきらかに自分たちに向けられたものだったので、秀麗が振り返ると、育ちの良さそうな青年がおかしそうに口許《くちもと》を手で覆《おお》っていた。

（わ、美形……）

静蘭や劉輝、その他もろもろの美形ぶりを見慣れている秀麗でさえ、素直《すなお》に見とれるほどの整った目鼻立ちの青年だった。

「お話中に失礼」

青年は近寄ってくると、問題の二胡と秀麗を交互《こうご》に見た。

「――この二胡がほしいんだね？　もし私の所望《しょもう》する曲を五曲弾いてくれたら、私がこの二胡を君に買ってあげるよ。一曲につき銀一両というわけだ。でも曲を知らなかったり、途中で間《ま》違《ちが》えたら、そのぶん差し引く。どう？」

思わぬ申し出に秀麗は驚いたが、すぐに考えを巡《めぐ》らせた。もし彼がタダで二胡をくれようとしたなら即刻《そっこく》断っていただろう。けれどこの申し出は――。

「……曲目は？」

「東湘記《とうしょうき》、鴦鴦伝《おうおうでん》、彩宮秋《さいぐうしゅう》、琵琶記《びわき》、蒼遙姫《そうようき》」

青年がすらすらと並べた曲目に、秀麗はすかさず二胡を手にとった。

「男に二言はないわね？　完璧《かんぺき》に弾けたら銀五両よ」

どれも名曲だが、同時に難曲といわれる曲目だった。青年が易しい曲目ばかり並べたなら、やはり秀麗は断っただろう。けれどこの青年は本気でこのちょっとした遊戯《ゆうぎ》を楽しんでいるようだった。正当な報酬《ほうしゅう》としてならば、なんら断る理由はない。

「もちろん。でもどれも私の好きな曲だから、間違ったらすぐにわかるよ」

「望むところよ」

――そうして秀麗は二胡を手に入れたのだった。

「お見事。曲もそうだけれど、結局値切って銀二両で二胡を買って、残り銀三両を懐《ふところ》に入れるなんてね」

「一曲につき銀一両ってあなたが言ったんだから、返さないわよ。えーと」

「琳千夜《りんせんや》。千夜って呼んでいいよ」

くすくすと青年――琳千夜は笑った。

ちょっとした見せ物が終わった頃《ころ》には、夜もずいぶん遅くなっていた。午《ひる》とは別のにぎわいを見せる往来を、秀麗と千夜と名乗った青年は一緒《いっしょ》に歩いていた。偶然《ぐうぜん》にも目的地が同じだったのだ。

連れだって歩きながら、秀麗は視線が痛くてたまらなかった。ほとんどの女たちが隣《となり》の青年に溜息《ためいき》をつき、隣を歩く秀麗にむっと眉《まゆ》をひそめていくのだ。

「なぜ全商連へ？」

「ちょっと……連れとはぐれちゃって。でも、どうしても行かなきゃいけないところがあるから、全商連でお世話をしてもらおうと思ったの」

全国商業連合組合——通称《つうしょう》『全商連』。

国でも屈指の大商人たちが集まり、独自につくった商業組合である。背後で彩《さい》七家——特に紅藍両家と提携《ていけい》を結んでいることもあり、その信用度と資金力は群を抜《ぬ》く。様々な特権を手にできるため商人ならば誰もが入りたがるが、入組の際には厳しい資格審査《しんさ》をくぐり抜けなくてはならない。ゆえに全商連の一員であるということは、それだけですぐれて高い能力を持つ商人の証《あかし》なのであった。

商売のためならどこでも進出する彼らが、彩雲国《さいうんこく》全土に網《あみ》の目のように張りめぐらした商業及《およ》び通信組織網《そしきもう》は、国家機関さえ凌《しの》ぐと言われる。

「さすがに一人旅するほど無謀《むぼう》じゃないもの。目的地が一緒で、ちゃんとした商人さんにでも雇《やと》ってもらってくっついていこうと思って」

一人きりになった秀麗が考えたあげく、最善と思ったものがそれだった。

商家で賃仕事をした時にきいたことがある。大抵《たいてい》の盗賊《とうぞく》たちは全商連に名を連ねる隊商は襲《おそ》わないのだと。全商連は組員を保護する。腕利《うでき》きの護衛をつけることは勿論《もちろん》、被害《ひがい》が出たときは必ず報復をする。あるとき百人からの大盗賊団に小さな隊商が襲われた折には、全商連は巧《こう》妙《みょう》な策略と軍顔負けの精鋭傭兵団《せいえいようへいだん》とを用い、速攻でその百人部隊を壊滅《かいめつ》させてしまったという。盗賊団がためこんだ金品はもとより、かけられていた賞金もすべて全商連の懐に入った。モトをとること、信用を保ちつづけること——それを至上の命題とする彼らは、決して敵に屈さない。もとより資金力や駆《か》け引きに長《た》けた全商連を相手にして、腕にものをいわせるだけの盗賊風情《ふぜい》が勝てるわけもなく、やがて悪人の方が避けて通るようになったわけである。

全商連では随時《ずいじ》、様々な求人をしている。大概《たいがい》が目的地に寄る隊商に入り、雑用をこなし、目的地に着くと賃金をもらって離《はな》れる短期の雇い仕事。安全、食事、寝床《ねどこ》が確保でき、さらに普通《ふつう》より高い給金ももらえるという一挙何得さ。秀麗はいつも憧《あこが》れていたものだ。

「あなたは？」

「私？　私はちょっと仕事でね。もう終わったから、これから茶州に帰るところなんだ。だから全商連に寄って、帰りの手配をしてもらおうと思っててね」

ということは全商連認定《にんてい》商人というわけか。すばやく秀麗は観察する。しかもこの身なりと口ぶりからすると主人格らしい。もとより全商連はどんな末端《まったん》でも、また相手がどんな貴人であれ、主人と直々に交渉《こうしょう》しない限り決して動かないという。

「ああ、ついたよ。ほら、あれが砂恭の全商連だ」

千夜が指差した先には、むしろ質素とさえいえる建物があった。華美《かび》な周囲とは対照的にどっしりとした構えで、無駄《むだ》を極力排《はい》した感がうかがえる。とはいえ、大きさ自体はかなりのものので、出入りする人も途切《とぎ》れることがなかった。

中へ入ると、夜だというのに雑多な人々で溢《あふ》れるような熱気がこもっていた。そこここで話し声が飛び交《か》い、待合所ですでに商談をはじめている人も少なくなかった。

「いらっしゃいまし！　ようこ……これはこれは琳《りん》様！」

往来よりもにぎわっていながら、すぐに店の者がやってきた。千夜を見て心得たように頷《うなず》くと、小間使いに命じて階上へと案内させる。

「それではね。その二胡《にこ》は私と思って大事に使っておくれ」

千夜はにっこりと笑うと、優雅《ゆうが》な足どりで階上へと消えていったのだった。

「さてさて、お嬢様《じょうさま》はどのようなご用件でいらっしゃったのでしょうか？」

手荷物一つきり、いかにも田舎出《いなかで》の邑娘《むらむすめ》といった身なりの秀麗にも、店員は千夜に対するのと同じ笑顔《えがお》で丁寧《ていねい》に訊《き》いた。

「ええ……仕事をいただけないかと思って。大概のことはできると思います。できればなるべく早く金華に行く隊商に入れて頂けると嬉《うれ》しいのですが」

十六、七の娘が一人きりでひと月の道程を行きたいという理由を、店員はあえて聞かなかった。そして不審《ふしん》な顔もしなかった。きっと様々な人たちがここに仕事を求めにくるのだろう。

けれど店員は少しだけ困った顔をした。

「そうですか。ご存じの通り崔里関塞《かんさい》は現在、あなたのような年頃《としごろ》のお嬢様にはその、少々通りにくくなっておりますからね。失礼ですが、通行手形はお持ちですか？」

「あ、はい。これです」

秀麗が出した木簡を何気なく裏返した店員は、そこに付された紋印に顔色を変えた。

「これは……しょ、少々お待ち下さい。この木簡、お借りしてもよろしいですか？」

「ど、どうぞ」

さすが鴛鴦彩花《えんおうさいか》、と思いつつ、秀麗は頷いた。

足早に奥に消えていった店員は、あっというまに駆け戻《もど》ってきた。

「ありがとうございました。こちらの木簡はお返しいたします。少々詳《くわ》しいお話をいたしますゆえ、お部屋にご案内いたします」

二階から上はいくつもの室に仕切られ、さまざまな商談や相談を行っているようだった。声がほとんど聞こえないところを見ると、防音の細工をしてあるらしい。

最初は興味もあって楽しく昇っていった秀麗だが、どんどん階があがるにつれ冷や汗《あせ》が出てきた。どういう建物でも、上へいくほど重要な部署になっていくものなのだ。それを裏付けるように、階がすすむごとに室数が少なくなり、調度も格段によいものに変わっていっている。

「……あ、あのう、本当にこちらでいいんですか……?」

「はい。お疲《つか》れでしょうが、もう少し頑張《がんば》って下さい」

いや問題はソコではなく、とツッコミたかったが、息切れと気後れでそれも叶《かな》わなかった。

――そうして辿《たど》り着いたのは、何と最上階だった。

「全商連紫州支部砂恭地区、区長がお会いになられます」

もはや一つきりしかない扉《とびら》の前で、店員は秀麗に丁寧に頭を下げた。

(……なっ、なななんで!?)

あれは単なる〝鴛鴦彩花〟の紋印である。黄家直紋のため、確かにかなりの優遇《ゆうぐう》を受けるだろうが、ここまでのことをされるいわれはないはずだ。秀麗の歳《とし》格好からしてもよくて黄家直系筋の使いっ走りとしか思われないだろう。大事にしなければならないお客だが、区長が出張ってくるほどではない。これが滅多《めった》にお目にかかれぬ藍家直紋〝双龍蓮泉《そうりゅうれんせん》〟や紅家直紋〝桐竹《とうちく》鳳麟《ほうりん》〟ならば、たとえ持ち主がどんなコワッパでも総出で出迎《でむか》えねばならないが、黄家直紋にはそれほどの力はない。秀麗も商家で賃仕事をしていた折に何度か見かけたくらいのものだ。信用力、効力ともに絶大、けれど目立ちすぎず、ということで黄尚書《しょうしょ》にお願いしたのだから。

　しかし店員はじっと秀麗を待っている。

――秀麗は覚悟《かくご》を決めた。全商連はどこにも属さず、中立を旨《むね》とする。どんな事情があるにせよ、取引や駆け引きは可能なはずだ。

　秀麗はどんなことをしても金華に行かねばならない。自由の身は自分一人なのだから。

　背筋をただし、顔を上げた秀麗を見て、店員は驚いたようだった。

「――参ります」

　ついと音もなくあけられた扉の向こうには。壮年《そうねん》で、穏《おだ》やかそうな人物が一人いた。だが扉を開けた瞬間《しゅんかん》、閃《ひらめ》いたその男の鋭《するど》い目つきを、秀麗は見逃《みのが》さなかった。それは値踏《ねぶ》みの目だった。ぐっと踏みとどまった秀麗に、ふと男が表情を崩《くず》した。

「――どうぞ、お入り下さい。私は砂恭区長、加來《かく》と申します」

　席を勧《すす》められたが、秀麗は座らなかった。勝負どころを間違《まちが》えてはいけない。一瞬奥歯をかみしめて、秀麗は言った。

「本名を名乗ったほうがよろしいんでしょうか？」

にや、と加來が笑った。彼は是《ぜ》とも否とも言わなかった。

「お連れ様をすべてお役人にご連行されたようですな」

「……知って」

「この街で私どもに把握《はあく》できないことはございません。あなたのお望みはなんですか？」

「最初のかたにも申しました。金華へ行く隊商に入れてほしい――それだけです」

「お連れ様を置いていかれるのですか」

ぐっと秀麗は唇をかんだ。そしてなるべく平静を装《よそお》って答える。

「置いていかれたのは私のほうです。今の私には、彼らを助ける手だても時間もありません。できることは、金華に行くことだけです。何より――そちらにお頼《たの》みしても、彼らの解放がかなうとは思いません」

はっきり言い切った秀麗に、逆に加來は笑みを浮《う》かべた。

「わかりました。それがあなたのお望みなら、私どもはそれを叶えましょう」

加來は秀麗の表情を見て笑みを深くした。

「解《げ》せないというお顔ですね。理由はその木簡にあります」

「……ただの通行手形だと思っていたのですけれど」

「違います。その鴛鴦彩花には少々細工がされてありましてね。絵柄《えがら》ではなく、絵具が普通とは違うのです。午《ひる》は気づきませんが、夜光性の特別な塗料《とりょう》が施《ほどこ》されております。発光色は七彩

——値はつけられません。今のところ紅家直轄、商家のみが製造に成功し、占有しているからです。現在全商連大幹部たちが取引の交渉に当たっており、どこにも出回ってはおりません」

秀麗は思わず木簡を見直した。……どこからどう見てもただの塗料にしか見えない。いやそれより——紅家占有⁉

「先だって全商連本部から通達が来ました。この塗料で鴛鴦彩花の紋印を描《か》いた木簡をもつ者が訪《おとず》れたら、何を置いてもその助けとなるように、と。全商連大幹部連、通称《つうしょう》〝彩《さい》〟直々の通達です。あなたの紋印は現在〝双龍蓮泉〟や〝桐竹鳳麟〟よりも優先順位が高いのですよ」

「————」

あまりのことに秀麗は絶句した。

「……そこまでしていただく、理由はなんですか」

秀麗の脳裏《のうり》に、玉座の主《あるじ》の顔が浮かんだ。けれど加來の答えは秀麗の予想を裏切った。

「紅家当主及《およ》び当主名代から直々の申し入れがあったそうです。見返りはその紋印の絵具——七彩夜光塗料の製造法及びその派生権利の獲得《かくとく》です。長年交渉を重ねても頑《がん》として譲《ゆず》らなかったその権利とひきかえに、あなたの保護を、と」

秀麗は目を瞠《みは》った。そしてこの春に初めて会った玖琅叔父《くろうおじ》を思いだす。父の末の弟というその人は、父とは似ても似つかぬよくできた人だった。大貴族の威厳《いげん》と風格に溢れていて、怜悧《れいり》で沈着《ちんちゃく》、そのくせ案外気さくにご飯づくりを手伝ってくれたりして、見事な手先の器用さをも披露《ひろう》してくれた。

(これであの父様を兄にもったら、そりゃイライラして叩《たた》き出したくもなるわ……)

秀麗は心底そう思った。

聞くところによれば父のすぐ下の弟にあたる人というのは、その玖琅叔父よりもずっと有能と聞いたので、ダメ兄の邵可に対するイライラ度はさらに高いことだろう。こんな優秀《ゆうしゅう》な弟さんたちが下に控《ひか》えていたら、はっきりいって父の出る幕などない。

秀麗は詳しい事情を知らないし、両親と静蘭とで過ごした日々に何の不満もなかったから、父を放逐《ほうちく》したという紅本家に対しても、さほどの悪い感情はなかった。ただ、父を追い出したくらいだから、万一会う機会があっても、あまり楽しいことにはならないのではないかとは思っていた。

けれど違った。玖琅叔父は少し冷たい印象だったが、秀麗が二胡を弾《ひ》くと小さく笑って、それが父と少しだけ重なった。

『義姉上《あねうえ》の――君の母上の音と、よく似ているな』

優《やさ》しい声だった。そして言葉少なに昔の両親を語ってくれた彼を、秀麗はいっぺんで好きになった。

『国試探花及第《きゅうだい》にお祝いを申し上げる。君の行く道を、紅本家は守ろう――』

たとえそれが君の本意でなくとも、と。そして自嘲《じちょう》気味に笑ったのだ。

『今まで邵兄上は、我々本家の者がこの家に関《かか》わることを一切《いっさい》許さなかった。けれどこれからは違う。兄上だけの力では、小さな家族を守ることはできても、紅家直系の肩《かた》書きをもった君を外部の思惑《おもわく》から守れない。のしかかるその重みに、君一人ではつぶれてしまう。守るのは、紅家当主と当主名代の私の役目だ』

邵可が秀麗を玖琅に引き合わせたこと。それはこれから秀麗を本家の守護に置いて構わないということだった。

秀麗はその対面の意味を知らなかったけれど、この木簡も一つの『守る』かたちなのだ。

「これほど簡単に、紅家が貴重な権利を手放すとは……愛されていらっしゃいますね」

ぎゅっと、秀麗は木簡を握《にぎ》りしめた。

「……この木簡は、他《ほか》にも？」

「いいえ。たった一つと聞いております」

紅家の守護は、紅一族のみ。たとえ州牧であろうが、王の下命を受けた者であろうが、一族以外は関係ない。冷酷《れいこく》で――そして実に正当な割り切り方。

『忘れんなよ姫《ひめ》さん。あんたは州牧で、紅家直系の姫さんてことをな』

もしかしたら、燕青は知っていたのではないだろうかと思う。

利用できるものは利用しなさい、とあの日、玖琅叔父は帰り際《ぎわ》に言った。もしそれで矜持《きょうじ》を傷つけられたと感じても、本当に大切なものと秤《はかり》にかけなさい――と。

秀麗は目を瞑《つぶ》ると、顔を上げた。

「……私の望みは変わりません。無事、崔里関塞《かんさい》を通り、金華に行ける隊商に雇《やと》い入れて下さればそれだけで結構です。ただ、安全だけはよろしくお願いします。私の扱《あつか》いは普通《ふつう》に賃仕事を探しにきた人と同じように。下働きで全然構いませんから」

「わかりました。実は都合よく金華に向けて出発する一隊があります。茶州では有名な大商人のご子息であり、全商連茶州支部でも重要な位置を占《し》めている方です。護衛の質は勿論《もちろん》、大概《たいがい》の盗賊《とうぞく》、盗《ぬす》っ人《と》は避《さ》けて通ります。崔里関塞もほとんど素通《すどお》りできます。実は勝手ながらすでに打診《だしん》をいたしまして、是というお返事を頂いております。お知り合いのようでしたし」

最後のひと言に、秀麗は目を点にした。次いで先ほどの青年を思いだす。

「ま、まさか……」

「ええ、ご一緒《いっしょ》に来店なさった琳千夜殿《どの》です。ああ見えてなかなか…難しい方なのですが、珍《めずら》しく快くご了承下さいまして」

「……その、仕事の内容は……？」

加來が口ごもった。秀麗は嫌《いや》な予感がした。

「……千夜殿お付きの侍女《じじょ》というのはどうかとおっしゃってますが……」

「………………」

「条件面で言えば、琳家ほど安全な隊商はないのですが」

重ねて言われ、秀麗は腹を決めた。まさしく背に腹は代えられない。

「わかりました。侍女ですね？　やります。やってやろうじゃありませんか！」

拳《こぶし》を突《つ》き上げた秀麗に、加來は笑って確認《かくにん》をとった。

「では今一度。先方にお伝えしていいお名前を」

「しゅ……いえ、私は香鈴。香鈴といいます」

――こうして秀麗は、琳千夜という青年の侍女になったのである。


秀麗は顔を洗いつつ、目をこすった。心なしか目蓋《まぶた》がはれぼったい。

「うう、寝不足《ねぶそく》……まあ慣れてるけど」

そこへ、期間限定主人の声が響《ひび》いた。

「香鈴？　起きているかい」

やや低めの美声に、秀麗は紗の帷《うすぎぬとばり》を振《ふ》り返った。

「ええ、若様。起きてます。珍しくお早いですね。昨夜《ゆうべ》も遅《おそ》かったのに」

「……暑くて寝てられない……」

「そういうときは、根性《こんじょう》で寝るんですよ」

「……あいにくと、その言葉にはとんと縁《えん》がない……」

紗ごしの情けない訴《うった》えに、秀麗はしみじみと肩で息をついた。

「まさしく根性なしですね。ちょうどいい機会ですから縁続きになったらどうですか。損はしませんよ」

薄《うす》い布一枚挟《はさ》んだ向こう側で、彼女の主人は黙《だま》りこくってしまった。無言の拒否《きょひ》である。

秀麗はもういちどやれやれと溜息《ためいき》をつくと、帷に近づいた。

「若様？　氷と水菓子《みずがし》と団扇《うちわ》の用意はしてありますが」

「……ねぇ、君は最高の女性だよ。しっかりして気が利《き》いてとてもかわいらしい。君と出会えた私は本当に運のいい男だ」

甘く魅惑《みわく》的な囁《ささや》き声にも、秀麗はまるで動じなかった。――この七日ですっかり慣れた。

「今日こそ出立するというお約束と引き換《か》えです」

「……そして、機転がきいて頭も良い……」

さらり、と上等の掛布《かけぬの》がすべる音がした。紗をとおして、寝台《しんだい》から身を起こす人影《ひとかげ》が映る。

「いいよ、香鈴。あけても」

しかし秀麗は胡乱《うろん》な目で紗の向こうを見た。

「お一人でしょうね？」

「当然一人だよ。君がきてくれてから他《ほか》の女人《にょにん》など目に入らなくなってしまった」

「はいはい。で、せめて上衣《うわぎ》くらいは引っかけてくださってますね？」

「……暑いんだよ、香鈴」

「若様、まだ朝なんです。いまからそんなことでどうするんですか。夏が終わるまで素っ裸《ぱだか》でお過ごしになるつもりですか。もしそうだというなら、今すぐ職を辞させて頂きます」

「……わかった。まったく君には降参するよ。じゃあせめて二胡《にこ》を弾《ひ》いておくれ。せめて気分だけでも涼《すず》しくなるような曲を」

秀麗は呆《あき》れ果てた。

「毎晩遅くまで弾かせといて、よくもまあ聴《き》き飽《あ》きませんね？　こんな素人《しろうと》の演奏を」

「私には素人というほうが不思議だね。断っておくけれど、今まで君ほど私好みの音を出してくれた楽師はいないよ？　さあ、弾いて」

もとはといえば、この若様の気まぐれで手に入れた楽器だ。秀麗は仕方なく、卓子《たくし》に置いた二胡を手にとると弓をすべらせはじめた。

その音色は、耳に優しく心地《ここち》よく、薫風《くんぷう》のように清冽《せいれつ》に空気を震《ふる》わせた。国試受験で久しく遠ざかっていた二胡だったが、ここのところ連日求められ、もとの勘《かん》をどんどん取り戻《もど》していた。それは帷の主《あるじ》だけでなく、同じ旅宿に泊《と》まる旅人たちや、往来を歩く人々が思わず聴き入ってしまうほどの腕《うで》だった。

短い曲が終わるのをしおに、帷がひきあげられた。

姿を現したのは、すらりとした二十代後半の青年——琳千夜だった。やわらかく整った顔立ちは、秀麗が知る選《え》りすぐりの美男子たちと比べてもなんら遜色《そんしょく》がない。顔だけでなく、匂《にお》いたつような甘い雰囲気《ふんいき》とどこか貴族然とした優雅《ゆうが》な物腰《ものごし》は、歩くだけで女性の視線を惹《ひ》きつけるに充分《じゅうぶん》なものだった。

しかし幸か不幸かこれまでの人生において、美形および変わり者にやたらと縁のある秀麗は、この臨時雇《りんじやと》い主人の顔と奇行《きこう》になじむのも早かった。

食事の支度《したく》を調えた秀麗は、ぼんやりと寝乱れた姿の千夜を、細工物の卓子の前へ追い立てた。千夜はぺたぺたと裸足《はだし》のまま歩いていって、秀麗の斜《なな》め向かいの席に着いた。

「君は本当に色々な曲を知っているね。どこで覚えたんだい？」

「母に。二胡は得意だったんです。……ほんっとうに上衣しか引っかけてませんね」

眉間《みけん》にしわをよせた秀麗に、千夜が高く足を組んで応じる。

「君も私の用意したかわいい衣裳《いしょう》をことごとく無視するね。その二束三文のみっともない男の子のような衣《きぬ》はどこから調達してきたんだい」

「若様、私はお姫様じゃないんです。なんであんな綺羅綺羅《きらきら》しい衣裳が必要なんですか」

千夜はにっこりと笑った。

「目の保養になるから」

「素直に嫌がらせとおっしゃったらどうです」

千夜は何気ない仕草で腕を伸《の》ばすと、秀麗の髪《かみ》から簪《かんざし》をついと抜《ぬ》きとった。しゃらり、と簪の珠飾《たまかざ》りが鳴ると同時に、まとめ髪がほどけて背に流れ落ちる。千夜はそれを見て嬉《うれ》しそうに笑った。

「心外だな。本気だよ。君はなかなか信じないけれど、美人になる素質は充分ある。きっと五年も経《た》てば凜《りん》とした美女になるよ。今はかわいいというほうがぴったりだけれど。うん、やっぱり髪はおろしたほうが絶対いい。というか私好みだからおろしてほしいんだけれど」

秀麗は卓子に突っ伏《ぶ》したくなった。褒《ほ》められ慣れない身としては、耳まで赤くなるのが自分でもわかる。

あの日、改めて引き合わされたとき、千夜は極上《ごくじょう》の笑《え》みを見せてくれた。

『また会ったね。これはもう運命じゃないかな。君のために買った二胡だけれど、今夜からは私のためだけに弾いてくれる二胡になったわけだ。これからよろしく、かわいいお嬢《じょう》さん』

——即刻踵《そっこくきびす》を返さなかっただけ、自分は理性があったと思う。

（……むしろ踵を返しといたほうが良かったかも……）

砂恭を出立したのは確かにすぐだったが、まさか次の崔里で七日ものんべんだらりと過ごすことになるとは露《つゆ》ほども思わなかった。

この七日間というもの、秀麗はイライラのしどおしだった。たとえば留《とど》まって市《いち》をたて、何か売買でもするならあきらめもつくが、千夜ときたら午《ひる》は室でくつろぎ、夜は街に遊びに行くという、絵に描《か》いたような放蕩息子《ほうとうむすこ》ぶりを遺憾《いかん》なく発揮していた。

随行人《ずいこうにん》に聞くところによると、今回の商《あきな》いはオマケのようなもので、本来の目的は彼の見聞を広めるのが目的らしい。別に家業を継《つ》ぐ長男なわけでもないので、誰《だれ》もこの呑気《のんき》な道程に文句を言わない。長引けばそれだけ日給を多くもらえるので、むしろ嬉しいらしい。

しかし秀麗は文句を言った。早く出立しろと、それこそ毎日あの手この手で千夜を言いくるめようとした。だが秀麗がいくら尻《しり》を叩《たた》き、口を酸っぱくしても、千夜はのらりくらりと言い逃《のが》れて腰《こし》を上げようとしない。秀麗は何度崔里の全商連に駆《か》け込んで別の商隊を探《さが》そうと思ったかしれない。しかし『一番安全』という加來の言葉に何とか踏《ふ》みとどまり、この七日、千夜のこういった戯《ざ》れ言の数々と付き合ってきたのである。

「……若様、よくもまあそんな歯の浮《う》くような台詞《せりふ》が毎日ぽこぽこでますね……」

「本気だから」

「そーですか。簪返してください。この暑いのにおろしてるつもりはさらさらありません」

千夜はややがっかりした顔で秀麗に簪を返した。秀麗が器用に簪一つで髪をまとめあげるのを眺《なが》めながら、彼はポツリと訊《き》いた。

「……私の髪も結んでくれるかい？」

「なんでそんな窺《うかが》うような目で見るんです」

「だって最初に沓《くつ》をはかせてくれといったら、君は怒《おこ》って沓を窓から投げ捨てたあげく、無言で出て行ってしまったじゃないか」

「――まさか本気とは思わなかったので。ていうか恥《は》ずかしくないんですか。その歳《とし》にもなって自分で衣一つ着られないなんて！」

「いや、それが普通《ふつう》だったから」

「…………」

秀麗はかつてこの国の王様と数ヶ月生活をともにしたことがあったが、彼でさえ最低限の支度は自分でしていた。人の手を借りるのは一人では到底《とうてい》着付の無理な特別な衣裳のときだけであって、沓もはけないという貴公子なぞ、秀麗は生まれて初めて見た。

（そりゃあ確かに王族でも幼年時代が幼年時代だったから普通とは違《ちが》うとは思うけれど）

この優美な青年より間違いなく高貴で大金持ちの藍将軍や李絳攸も、誰かに沓をはかせるなどということはまさか――まさかあるまい。

（あったらどうしよう。いやーっ、考えたくないっ）

秀麗の内心の葛藤《かっとう》など知るよしもなく、千夜は再度頼《たの》んだ。

「このごろはちゃんと自分で着るようになったじゃないか。……でも髪は難しいんだよ」

「適当にくくるだけじゃないですか。まあ髪くらいなら結んであげますけど。でもですね、少なくとも衣くらい自分で着られるようにならないと、没落《ぼつらく》したとき困りますよ」

「没落？　……そうか、そうだね。考えたこともなかった」

櫛《くし》と飾り紐《ひも》を手にとり、青年の後ろにまわった秀麗は大きな溜息《ためいき》をついた。

千夜の長い髪は、ふわりとしてゆるく波打っていた。どちらかというと真っ直《す》ぐな髪が好まれがちななかで、彼は自分の髪質を気に入っているようだった。そして確かに、彼の甘い顔立ちにはこの軽い巻き毛がことのほかよく似合っていた。いつもは長く垂らして、紐でくくることもしないのだが、この暑さでついに妥協《だきょう》したらしい。

「……考えたほうがいいですよ。いくら大商人のご子息で、湯水のようにお金を使って困らない生活をしていたとしてもですね、それはお父上の商才のおかげであって、今のままだとまず間違いなく、あなたの代でつぶれますよ」

やわらかな髪をうしろに流し、するするとくしけずる。くせ毛なのに一度も櫛が引っかかることのないなめらかな髪は、秀麗もさわっていて気持ちがいい。

梳《と》かしてもらっている千夜も心地よさそうに笑った。

「はっきり言うね。どうして？」

「普通の商人はですね、仕入れの翌日には出立《しゅったつ》するもんなんです。いいですか、商人に必要なのは計算能力！　読み！　そして何事も迅速《じんそく》に！　なんです。商品を仕入れて七日もぶらぶらしてるなんて、もうどうしようもありません。これが旬《しゅん》のものだったら今頃《いまごろ》市場は飽和《ほうわ》状態、値は下がりはじめて売りに行っても二束三文で買い叩かれること請《う》け合いです！」

「おや、よく知ってるね。もしかしておうちは商家？」

「いいえ、そうじゃありませんけど。商家で賃仕事をよくやってただけです。門前の小坊主《こぼうず》でもこれっくらいの道理はわかってるのに、若様ときたら……！」

秀麗はすっかりこの呑気屋の青年に長年仕える苦労性《くろうしょう》の家人の気分になっていた。上質の宝石とも交換《こうかん》できそうな豪華《ごうか》な飾り紐で、思わず力を入れてえいっとくくる。

「いい痛い。い、いいんだよ、別に私が家を継ぐわけじゃないから」

そろりと溶《と》けかけた氷に手を伸ばそうとする青年に、秀麗はぴしゃりと怒った。

「ダメです！　約束と引き換《か》えです」

「うん、わかった。今日出立する」

秀麗の手が止まった。飾り紐を蝶々結びに結《ゆ》うと、おもむろに千夜の正面に座った。

「……本当ですか」

「うん、なんか物騒《ぶっそう》になりそうだから」

「物騒？」

「昨夜遅《ゆうべおそ》くね、関塞《かんさい》で脱獄《だつごく》があったみたいなんだ」

秀麗は必死で顔色を変えるのを抑《おさ》えた。そのせいで、千夜がさりげなく氷と水菓子《みずがし》に手を伸ばしても、今度は怒る機を逸《いっ》してしまった。

「……脱獄、ですか。確かに物騒ですね」

「拘束《こうそく》されてるだけで罪人とはちょっと違うから、脱獄というより脱走《だっそう》かな。いい加減、わけのわからない理由で秋まで拘束されるのに頭にきた人が思わずやっちゃったんじゃないかな。気持ちはすごくわかるけれどね。誰だって暇《ひま》じゃないんだから」

「……よっぽど大事な用があったんでしょうね」

「だろうね。噂《うわさ》だと一人は年齢不詳《ねんれいふしょう》の棍《こん》使いで、もう一人は結構綺麗《きれい》な青年だって。物凄《ものすご》く強かったらしいよ。昨夜遅くっていうから、まだこの崔里にいるかもしれない。怖《こわ》い話だね」

秀麗は努めて冷静を装《よそお》い、卓子《たくし》にある小さな桶《おけ》に手を入れた。からん、と鳴る氷をかきわけ、口の長い瓶《びん》をとりだす。

「そうですね。冷茶でもいかがですか。冷えてますよ」

「ああ、いただくよ。——それがね、運悪く脱走したとき、ちょうど茶本家の人間が秘密裏《ひみつり》にきてたみたいで。バカにされたと思ったんだろうね。無駄《むだ》に自尊心高いのが多いから、あそこ。で、脱走者を捕《つか》まえろということになって、大々的な『狩《か》り』が行われるそうだよ。茶本家直々の命となると、なりふり構わない凄《すご》いものになるだろうね。新州牧の派遣《はけん》問題でただでさえ最近の茶州はぴりぴりしてるし、近ごろは盗賊《とうぞく》の動きも活発になってるというし——これから街道《かいどう》は危なくなるから、君のいうとおり今日の午にも出発するよ」

表情の硬《かた》くなった秀麗に気づき、千夜は苦笑《くしょう》しながら綺麗な指先でその頰《ほお》をなでた。

「大丈夫《だいじょうぶ》。仮にも私は大商人の息子だからね。君に危険が及《およ》ぶことはないよ。一応名目上雇《やし》ったとはいえ、君は全商連でも最高幹部連合〝彩《さい》〟からじきじきに預かったいわばお客様だし、〝鴛鴦彩花《えんおうさいか》〟の手形をもってる君に何かあったら、我が琳《りん》家といえど一家首つりになりかねない。無事に金華まで連れて行くから安心していいよ」

千夜は冷茶をすすりながら、くすくすと笑った。

「何より、初めて見たときから君をとっても気に入ったから。あの二胡《にこ》も、値切り方もね」

秀麗はうっと身をひいた。

「……で、出立は今日のお午《ひる》ですね？　じゃ、ちょっと出かけてきます」

「どこへ？」

「お茶っ葉を買いに」

青年は首を傾《かし》げたが、すぐに頷《うなず》いた。

「お午までに戻《もど》っておいで。あとね、『若様』はそろそろよしてほしいな。君は私の家人ではないんだからね。千夜《せんや》と、君のそのかわいい声で名前を呼んでほしい」

秀麗はにっこり笑った。

「私は若様という呼び方が気に入ってるんです。あしからず！」

秀麗は茶葉を求めて往来を歩きながら、この七日間を思い返して溜息をついた。

「……よーやく先に進めるわ……」

頭が痛いのは夏の陽射《ひざ》しのせいだけではないだろう。

──それでも、静蘭たちの情報が手に入ったのは嬉《うれ》しかった。

彼らはちゃんと逃《に》げられたのだ。不穏《ふおん》な『狩り』とやらは心配だけど、あの二人ならきっとなんとかするだろう。

(問題は、影月くんと香鈴……)

あの二人の話はまるで出てこない。けれどああ見えて影月はしっかりしている。

秀麗は城を兼《か》ねる崔里関塞を遠くに見上げた。──あそこに、いるのだ。

(金華で、会いましょう──絶対)

目的の茶葉屋に足を運ぶと、すっかり顔なじみになった店主に秀麗はきっぱりと告げた。

「──今日出立するので、お店にあるだけの甘露《かんろ》茶《ちゃ》全部ください。お代は午前までに、うちの放蕩《ほうとう》若様、琳千夜様までお願いします」

「ぜ、全部……？」

気のいい店主は、あまりの大量注文にポカンと口をあけた。

●❋●❋●

かつん、かつん──と牢《ろう》内に小さな足音が響《ひび》いた。

燕青と静蘭はふと身を起こした。足音の主は牢の前で止まると、カチャリ、と鍵《かぎ》を錠《じょう》に差し込んだ。燕青は、外側から鍵が開けられるのをじっと見ていた。

「今日は、飯と水だけじゃねーんだな？」

「……七日、経《た》ちました。影月くんが、もうお嬢《じょう》さんの容態は心配ないと――。お二人の荷物も、ここに」

「いいんだな、克《こく》？」

さっと蠟燭《ろうそく》に火が灯《とも》った。灯《あか》りを手にする少年は、どこにでもいそうな二十歳《はたち》前の若者だった。暗がりでもはっきりわかるほど青ざめ、震《ふる》えながら、それでも彼は一生懸命《いっしょうけんめい》に笑った。

「……今まで待っていたのは、そのためでしょう、燕青さん。あなたなら、僕の手なんか借りなくても、いつだってこんな牢から逃げられたはずです」

「うん？　まーな。でも余計な体力使わずにすむならそのほうがいーじゃん」

燕青はまるで私室から出るように気軽に牢から出てきた。そして克と呼ばれた若者が運んできた荷物を確かめて、軽く口笛を吹《ふ》く。

「おお、なかなか力ついてきたじゃん、克。棍と剣《けん》、かなり重いのになー」

静蘭も、まるで七日もの間狭《せま》い牢に閉じこめられていたとは思えぬほど身軽な動きで牢を出ると、剣を手にとり、すらりと抜《ぬ》いた。

「お前が陛下にもらった剣も、はーやく取りにいかねーとなぁ。万一売られちゃってたらシャレになんねーもんな……」

「心配するな。あの剣はかなり我儘《わがまま》だからな。そうそう簡単には売られないだろう。それに、この剣もそう悪くない」

　具合を確かめるように軽く刃《は》にふれると、予備動作なしで剣が一閃《いっせん》した。燕青は反射的にかわしたが、そのあとに起こった現象に悲鳴を上げた。

「おわっ……ああっっオレの髭《ひげ》――――っ!?」

「いい加減、剃《そ》れ」

「くそー。お、お前まだ根にもってんな！」

「髭面《ひげづら》のお前と一緒《いっしょ》にいたら不審《ふしん》人物の看板しょってるようなもんだろうが」

「へーへーわかりましたよ。外でたらちゃんと剃るって」

　中途半端《ちゅうとはんぱ》に切られた髭をなでながら、燕青は軽々と棍と荷物を肩《かた》に担《かつ》いだ。

「さーて。んじゃとっととトンズラするかぁ。飯と水、ありがとな克」

　その言葉に、若者はぎょっとした。

「ま、まさか、州牧たちを助けないつもりですか？」

「克、影月は助けてくれっていってたか？」

「い、いえ……お嬢さんの容態だけ伝えてほしいとしか……」

「じゃ、平気だろ」

「え!?　いや、全然平気じゃ――だってつかまってるんですよ!?」

「敵陣《てきじん》につかまったならもう他《ほか》につかまりようがねーじゃん。だから平気」

「ええ!?　な、何かその論理おかしくありません!?　僕はあなたさえ牢から出せば――」

いつもの笑《え》みに、少しだけ冷水を加えたような笑顔を燕青は浮《う》かべた。

「全部、うまくいくって？　甘いな克。いい加減、他力本願から卒業しろよ」

若者は言葉を失い――次いで悄然《しょうぜん》と頭を垂れた。

「何かを思い通りにしたかったら、他人を頼るなよ。自分で動かねーと、何も変わらねーんだぞ？　ましてやお前の場合、俺たちをアテにすんのは的はずれだ。違《ちが》うか？　自分ちのことはてめーでケリつけろ。お前は何かしてるようで、何もしてない。ただ期待してるだけだ。自分より『強い』誰《だれ》かが何とかしてくれるってな」

燕青の言葉は淡々《たんたん》としていて、まるで容赦《ようしゃ》がなかった。

「お前より幼い影月も、嬢ちゃんも、しっかり覚悟《かくご》決めてんだぜ？　茶家に何の益もないあの二人はいつ殺されたっておかしくねぇ。その上マジ弱い。気まぐれで草洵に槍《やり》ふるわれたら一発であの世行きだ。いいか、あいつらが今もちゃんと生きてるのはな、あいつらがギリギリのところで踏《ふ》ん張って、ドタマ最大限に働かして、必死で綱渡《つなわた》りしてるからだ。偶然《ぐうぜん》でも何でもねぇ。何の証拠《しょうこ》もないのに自分たちが『本物』と信じさせつづけること、少しでも利用価値があると思わせつづけること、沸点《ふってん》低い草洵の頭を沸《わ》かせねーように細心の注意を払《はら》うこと――生死の境にあって、お前は素知らぬ顔でそれだけの芸当ができるか？」

静蘭は頷いた。けれど口は挟《はさ》まず、黙々《もくもく》と用意をととのえていく。

「特に影月は嬢ちゃんを守るためにどれだけの神経を払ってると思ってる。お前が七日も待てたのも、影月が呑気《のんき》だったからだろ。十三の子供が、弱音ひとつ吐《は》かずに、のらくら笑って、しっかり女の体も心も守ってんだ。その裏でたった一つの武器全開にして頭回転させて、無事に金華まで行ける算段を考えてる。——お前、自分が情けないとは思わねーのか？　誰かに助けてもらうことを考える前に、影月みてーに自分で何とかしてみろってんだ。少なくとも、鴛洵じーさんはそうしてたぜ。いつだって——最後の最後までな」

若者はビクリと体を震わせた。

燕青はのびをすると、うってかわってガラリと陽気な口調に戻った。

「さてと、んじゃー行くか静蘭。克の話じゃ出てからすぐになまった体ほぐせそうだしな」

静蘭は眉間《みけん》に皺《しわ》を寄せた。

「どころか、役人にも追われるな。お前どころか私まで〝殺刃賊《さつじんぞく》〟の一味として触《ふ》れが出てるだと？　こんなバカと一括《ひとくく》りにするな」

「お前このごろバカバカ言いすぎだぞ。俺に失礼とは思わねーのかー？」

「身近に単細胞《たんさいぼう》がいるせいで私の口まで単刀直入かつ正直になってきただけの話だ」

「自分の性格の悪さを俺のせいにすんなよー。にしても役人使うなんて、瞑祥らしいヤラシーやり方だよなー。金華につくまでふかふかの寝台《しんだい》とうまい飯は縁《えん》がなさそうだなぁ」

二人は立ちつくす若者の傍《そば》を素通《すどお》りしていった。

堂々と外へ通じる扉《とびら》から姿を消そうとしたとき、燕青はふらりと振《ふ》り返った。

頼《たよ》りなげに見上げてきた若者に、燕青は少し笑ってみせた。

「――克洵、お前がたった一人で七日間必死で俺たちに飯と水運びつづけて、こうして草洵兄貴の目を盗《ぬす》んで鍵開けたことだけは、よくやったと思うぜ？　なあ、命賭《か》けろなんて誰も言ってねぇ。ただ、絶対不可能なことと、できることとすら最初からあきらめてやらねぇのは違う。わかるか？　だから英姫《えいき》ばーちゃんはお前に春姫《しゅんき》を預けなかった」

凍《こお》りついていた若者は、一つの名に反応した。

「春姫――春姫は、無事なんですか⁉」

「無事も何も、お前より遥《はる》かに強くてイイ男どもが護衛についてら。いっとくが春姫はお前よりよっぽど肝《きも》が据《す》わってるぜ。春姫の心配よりまずは自分を何とかしな」

そして今度こそ燕青は外へ出て行った。

暗い牢に取り残された若者は、ぎゅっと拳《こぶし》を握《にぎ》りしめた。

「お前は本当にお節介《せっかい》だな」

夜とはいえ、堂々と関塞《かんさい》を闊歩《かっぽ》しながら、静蘭は呆《あき》れたように息をついた。

「自分で何とかしろと言っときながら、わざわざ説教して背中押してやるとはな」

「いーじゃん。俺、飯食わせてくれた奴《やつ》には親切にすることにしてるんだ。それに香鈴嬢《じょう》ちゃん待ってたついでだしさ。背中押してやって何とかなるなら、そのほうがいいじゃん？　あいつにも、俺たちにもさ」

どんなときも誰かに手を差しのべることができる余裕《よゆう》と、度量の広さ。燕青が待っていたのは助けではなく、さっきの若者だ。

静蘭はとりたてて何の取り柄《え》もなさそうな若者を思いだした。

「……何とかなるのか？」

「さあ。何とかするのは、あいつ自身だからなー。……うあー変な髭〜」

堂々たる脱獄人《だつごくにん》かつ不審人物を、さすがに夜警の兵たちも見とがめて騒《さわ》ぎはじめた。燕青と静蘭はそれぞれ体の具合を確かめてから、得物を構えた。

「さて、じゃあいっちょ派手にやりますか。でもお役人様に怪我《けが》ぁさせるなよ？」

「わかってる。だが〝殺刃賊〟だけは容赦しない」

「おー。どんどんとっつかまえて賞金稼《かせ》ごうぜ。関塞抜けたらこっちのもんだ」

くるり、と燕青は棍《こん》を構えた。

「茶州は、俺と悠舜の縄張《なわば》りだぜ。〝殺刃賊〟だと？　バカが。俺のいない間にのこのこ出てきやがって。――後悔《こうかい》させてやる」

最後の一言に込《こ》められた凄味《すごみ》に、静蘭のほうがハッとする。そして自分のことばかり考えていた自分を恥じた。――燕青だって、昔を思いださないはずがないのだ。

遠い遠い昔。かつて燕青とほんのわずかな間、交錯《こうさく》し、共有した過去。

あのときも暑い夏だった。燕青と静蘭にとって、すべての終わりと始まりの時。

（……まるで瞑祥は〝私〟がいることさえ知っているようだな）

瞑祥。これは誰のための茶番だ？

燕青に用意したものか、それとも自分への誘《さそ》い文句か。

怖《おそ》ろしい偶然で、それらはかつてと酷似《こくじ》した状況《じょうきょう》を生み出した。静蘭に、そして燕青にも、否応《いやおう》なくあのころを思いださせる。

「なあ静蘭、とっとと片づけて、姫さんたちと一緒しような！」

けれど。隣《となり》でにっかと笑う男との再会も、静蘭にとっては奇跡《きせき》的な偶然。

もしも、もしも秀麗の補佐《ほさ》がこの男でなかったら――。

「遅《おく》れたら、捨てていくからな」

静蘭はすらりと剣《けん》を抜《ぬ》くと、やってくる役人を真正面から迎《むか》え討《う》つ用意をととのえた。

● ❋ ● ❋ ●

「――ちくしょう浪燕青の奴！　マジで逃《に》げやがった!!」

夜半過ぎ――蹴《け》りあけられた扉に、看病の傍《かたわ》ら本を読んでいた影月は驚《おどろ》いて顔を上げた。

草洵は大股《おおまた》で寝台の方へ近づくと、片手でぐいと胸《むな》ぐらを掴《つか》んで影月をつりあげた。

「お前ら、本当に本物の州牧か？　なんで燕青の野郎《やろう》はお前らを置きざりにして、トンズラこきやがった⁉」

首を万力で締《し》められているかのような状態に、影月は顔を歪《ゆが》めた。

「……く……それ…は、本物…だからじゃないでしょうか」

「なんだと？」

「燕青さんは……身代わりを見捨てて逃げるような人じゃありません」

「州牧見捨てて行くほうが、もっとありえねぇだろが!!」

餓死させてやると息巻いていた張本人だというのに、七日もの間、牢に繋《つな》がれていた燕青《えんせい》たちがどうやって飢えをしのいでいたか、思い至りもしない。まったく単純な男であった。

影月は必死で笑ってみせた。

「そうで…すか？　本物の州牧なら……あなたがたは殺せない。だから――」

「ふざけんな」

草洵は影月を床《ゆか》に叩《たた》きつけた。すらりと、腰《こし》の大刀を抜く。

「殺せねぇのはな、紅家直系のそこの女だけだ！　勘違《かんちが》いすんなよ。お前はオマケで生かしてやってるだけだ。いつだって殺せんだよ。こんなふうにな！」

影月はきつく目を瞑《つぶ》った。

「おやめなさいっ!!」

振り下ろされようとした大刀を止めたのは、しなやかな剣のような少女の声だった。

香鈴は黒目がちの双眸《そうぼう》を怒《いか》らせ、寝台から飛び降りた。

「お疑いなら、殺せばいいでしょう。ただし、それなりの覚悟《かくご》をなさい。わたくしが本物の紅家直系長姫《ちょうき》ならば、茶家は遠からず断絶します。わたくしをその手で殺せばすぐに、紅一族が動くでしょう。茶家への徹底的《てってい》な報復を見て、そのとき死んでも拭《ぬぐ》いきれない後悔をするがいい。その覚悟がおありなら——さあ、殺しなさい！」

叩きつけるような気迫《きはく》に、さすがの草洵もたじろいだ。香鈴はたたみかけた。

「杜《と》州牧に関しても、同じことを申しましょう。もし彼を殺したなら、わたくしはすぐさま自決いたします。この地で、わたくしと杜州牧が命を落としたらそれは誰《だれ》のせいか——誰もが同じことを考える。真実が奈辺《なへん》にあるにせよ、それが紅一族にとっての真実となるのです」

咳《せ》き込みつつも、香鈴の言葉《ことば》尻《じり》に乗って、影月も言葉を継《つ》いだ。

「それに……あなたとご一緒《いっしょ》だったあの男の人は、燕青さんが逃げると断言してらっしゃったでしょう。それでも、僕たちを金華まで連れてきなさいとあなたに言った」

その言葉で、急速に草洵の頭も冷えたようだった。

「……そうか。確かにそうだな。瞑祥はそうなってもお前らが偽者《にせもの》とは言わなかった。ちっ」

草洵は怒り任せに大刀をふるった。まるで柔《やわ》らかい菓子《かし》のように卓子《たくし》が一刀両断される。

「頭にきて無駄《むだ》な時間をつかっちまったぜ。とっとと燕青追いかけてりゃよかった。崔里関塞のヘボ官吏《かんり》どもに、浪燕青が捕《つか》まるわけはない。——ああくそ、あいつが逃げたらお前らを金華まで送るんだったか。ちっくしょう、俺はあの男の脳天かち割りてぇってのに！」

「ならばその随行《ずいこう》のお役目、僕がしましょうか、兄上」

不意に、第三者の声が室に響《ひび》いた。

現れたのは、中肉中背の青年だった。どこか青ざめた顔には、そばかすが少しだけ浮《う》いている。すれ違っても印象さえ残らない――そんな、どこといって特徴《とくちょう》のない若者だった。

振り返った草洵は、末弟の顔を見て目を剝《む》いた。

「克洵？　この役立たずが！　てめぇ何しにきやがった」

「おじいさまに、その、一応、行けと」

「てめぇに何が……いや、さっきなんつった。こいつら金華まで送るって？」

「そのくらいなら、僕にもできます」

草洵は末の弟を上から下まで眺《なが》め回した。

「てめぇは春姫にかぶれてから、馬鹿しか言わねえ」

「ここで茶家の者として、名誉《めいよ》を挽回《ばんかい》したいんです」

「金華に連れていくふりで、こいつらを逃《に》がすってんじゃないだろな」

「いいえ！」

即座《そくざ》に言い返すと、傍目《はため》にも、懸命《けんめい》とわかる笑《え》みを克洵は浮かべた。

「……そこまで、命知らずじゃありません。第一、逃がしても僕には益はありません。彼らがお役目を果たそうとするなら、どっちにせよ金華に向かうだろうと瞑祥さんはおっしゃってたんでしょう。もしこの方たちが命を惜《お》しんで逃げたなら、茶家は労せずに州牧二人を排《はい》することができます。そのとき僕に残るのは『州牧を逃がした』という情けない事実だけで、何の得もありません」

浪燕青を「なんでもあり」の男と思いこみ、なおかつ瞑祥から「浪燕青が」脱獄すると聞かされていた草洵は、彼らの逃亡《とうぼう》に手を貸した者が内部にいるとは考えもしなかった。

　みそっかすの弟の言い分を、草洵は案外するりと納得《なっとく》した。

「ああ……そうか、そりゃそうだ。そう考えりゃ、お前に任すのもいい。朔洵のバカはいまだに金華から出てこねーっていうしな。いくらお前でもガキのお守《も》りくらいはできんだろ」

　あっというまに機嫌《きげん》を直すと、草洵は立ち去り際《ぎわ》に克洵の肩《かた》を乱暴に押した。

「じゃあな克洵、なるべく早く金華に行けよ。お前のいいつけもちゃんと聞くように、崔里の関塞と街のやつらに良く言い含《ふく》めておくからな」

　ドカドカと草洵が去っていったのち、しばし静寂《せいじゃく》が訪《おとず》れた。

「燕青さんたちを逃がしてくれて、ありがとうございます」

　影月の声に、克洵は顔を上げた。影月はいつものように笑っていた。

　克洵が口をひらく前に香鈴が飛んできて、まだ軽く咳き込む影月の具合をみた。

「あ、あなたったら！　小さいくせに、無茶ばかりして……！」

「あ、僕こう見えても結構頑丈《がんじょう》なのでー、全然平気です。故郷では毎日野良《のら》仕事…」

「頑丈だからって、大刀に斬《き》られれば死にます！」

　床に叩きつけられたときに切ったのだろうか、影月の唇《くちびる》の端《はし》から滲《にじ》む血を、香鈴は自分の袖《そで》でぬぐった。その表情《かお》は、さっきの気迫とはうってかわって蒼白《そうはく》だった。

「香鈴さん、すごくいい演技してくださるので、ちょっと、踏《ふ》みこんでも平気かなーと」

「ばか！」

必死で涙《なみだ》をこらえている香鈴を見て、克洵は燕青の言葉を思いだした。

『あいつらが今もちゃんと生きてるのはな、あいつらがギリギリのところで踏ん張って、ドタマ最大限に働かして、必死で綱渡《つなわた》りしてるからだ』

そしてこの小さな少年は、こんなときでも笑うのだ。

なす術《すべ》もなくその場に立ちすくんでいた克洵に、その影月は人なつこい笑みを向けた。

「克洵さん…とおっしゃるんですよね？　これからしばらくご一緒しますが、よろしくお願いしますー。お申し出、ありがとうございました。これでやっと気が抜けます」

「抜いて……いいのですか？　僕はあの草洵の弟なんですよ」

「最初にここの扉《とびら》を叩いたとき」

それは、草洵と瞑祥が訪れる前のこと。そっとやってきた一人の若者。

香鈴は克洵の顔を知っていた。茶鴛洵の妻である縹英姫に仕えていた香鈴は、孫娘《まごむすめ》の春姫のもとへこっそり会いにくる若者の顔も名も、しっかり覚えていたのだ。それは克洵にしても同じことで。

「すぐに、香鈴さんを偽者と気づきながら、あなたはそれを口にしませんでした」

香鈴が紅家の姫《ひめ》ではないことを、克洵は一目で見破っていた。けれど彼はそれを自分の兄にも瞑祥にも、誰にも言わなかった。それどころか、香鈴の演技に合わせるよう努めた。

影月の言葉に、克洵は首を横に振《ふ》った。

「……僕は、強くありません。これから裏切るかもしれない」

「構いません。それはあなたの事情ですから、こちらがとやかく言うことはできません。ただ……僕たちは、やるべきことをやるだけです」

沈黙《ちんもく》ののち、克洵は踵《きびす》を返した。

「旅の支度《したく》をしてください。金華へ行く用意を」

はい、と影月と香鈴は頷《うなず》いた。

第三章　茶州の空の下で

劉輝《りゅうき》は一人、庭院《にわ》の片隅《かたすみ》に目立たなくつくられた四阿《あずまや》で書翰《しょかん》を読んでいた。

「浮かない顔をしてるな」

自分だけだと思っていた劉輝は、突然《とつぜん》降ってきた声に驚《おどろ》いて顔を上げた。

「宋《そう》将軍」

「いい加減、その呼び名はよせ」

顔をしかめると、宋太傅《たいふ》は劉輝の向かいに腰を下ろした。

「──気になるか？　茶一族のことだったらわしも少しは知ってるぞ」

劉輝は沈黙し、ややあって、口をひらいた。

「あの一族には本当に、茶太保以外の人材は誰もいないんですか」

ぴくり、と宋太傅の眉《まゆ》がわずかにあがった。そして乱暴に白髪《はくはつ》の混じる頭をかく。

「わしらが若かった頃《ころ》、茶州は──茶一族は本当にどうしようもなかった」

溜息《ためいき》をつき、昔を思うようにわずかに目を閉じる。

「そりゃ茶州に限ったことじゃあないが。だいたいこの国自体が、もうどうしようもなかった。

長年の豪族《ごうぞく》支配体制は腐敗《ふはい》を極《きわ》め、朝廷《ちょうてい》は名ばかりになって、支配機構はほとんど機能せず、全土は麻《あさ》のように乱れていた。九年前の大乱などわしらから見れば子供の喧嘩《けんか》と同じほどにな。彩《さい》七家さえ、自分たちを守ることだけで精一杯《せいいっぱい》だった。先王陛下はおっしゃった。『私は、血と、腐臭《ふしゅう》と、憎悪《ぞうお》と、怨恨《えんこん》のただなかで産声《うぶごえ》を上げた。生まれた時からあらゆる負に染まっていたから、どう生きてもこれ以上悪くなりようがない。だから好きに生きる。父を殺し、兄弟を殺し、親族を殺し、官吏を殺し、豪族を殺し、玉座を両断し、すべてを壊《こわ》し尽《つ》くしてから、私は私の国をつくる』――そしてその通りにしてみせた」

あまりに凶々《まがまが》しすぎる言葉に劉輝は瞠目《どうもく》した。名君と呼ばれた父の姿しか彼は知らない。滅《めっ》多《た》に会うこともなく、ただ時折遠くから姿を見るだけで。病に臥《ふ》したあとも、光を失うことのなかった強い目をもつ父王。

「まあ、昔のことだし詳《くわ》しくは語れないが。先王陛下は、彩雲国の中にもう一つ新しい国をつくったようなものだ。いわば謀反《むほん》だな。そこを拠点《きょてん》に、次々と豪族を攻め落とし、自らの支配下に置いた。豪族支配体制だったからこそできた力業《ちからわざ》だ。戦《いくさ》で負けたほうは勝ったほうに無条件で従う。それが当然の世の中だった。外堀《そとぼり》を埋《う》めてから朝廷に乗り込んだわけだな」

「…………」

「わしは単なる力自慢《ちからじまん》の若造で、手っ取り早く名をあげたかった。どこで緒戦《しょせん》を飾《かざ》るか、自分で籤《くじ》つくってひいたら先王陛下のとこだったからそこに行ったってくらい、適当だった」

「く、籤……？」

そんないい加減な、という心の声が届いたものか、宋太傅はムッと劉輝を睨《にら》みつけた。

「籤をバカにすんな！　そこでわしは先王陛下と、霄と茶の奴《やつ》に会ったんだからな」

色々あった——と、ほんのわずかの苦みを混ぜて、やんちゃな老臣は笑った。

「先王陛下は玉座にのぼり、彩七家を従え、新たな国をつくりはじめた。だが——茶家だけはまるで変化がなかった。上辺だけへらへらとりつくろって、なんでもハイハイと返事だけはいいが、自分たちの好きなことしかしなかった。傍流《ぼうりゅう》出身の鴛洵はついにしびれを切らして茶州に赴《おもむ》き、そして戻《もど》ってきた時には茶家の新当主になっておった」

「……茶太保は、本家筋の継嗣《けいし》を殺して本家を乗っ取ったとか……」

「文官などといいながら、結局あやつも戦乱を生きぬいた男だからな。ああ見えて若い頃は今の羽林《うりん》軍属程度の実力はあったんだぞ。何せ俺が遊んで鍛《きた》えてやってたからな。本家で震《ふる》えてた男どもを皆殺しにするくらい、鴛洵《やつ》には簡単だったろうな。事実かどうかは知らんが」

「事実かどうかわからない？」

怪訝《けげん》そうに問い返した劉輝に、宋太傅は深く頷いた。

「茶家の直系男継嗣は全員死んだ。そして鴛洵が当主の座についた。事実はそれだけで、真実なんぞ重要じゃない。鴛洵も何も言わんかった。ただ、新当主は自分で、これから茶家をなんとかすると説明しただけだ。先王陛下は頷いた。真実は鴛洵の胸の中だけだ」

「…………」

「なんにせよ、鴛洵がぶち切れて乗っ取ったくらいだ。当時はあいつ以外、どうしようもなかったのは確かだろう。だが――今はどうかな」

詳しくは知らん、と宋太傅は珍《めずら》しく歯切れ悪く言を継《つ》いだ。

「十四、五年くらい昔になるか――所用で鴛洵が里帰りした。戻ってきた時は数日室に引きこもってな。何ごとか考えて『茶家《うち》には、化け物が巣喰《く》っているかもしれぬ』とだけ言った。あの鴛洵にも確信がなかったくらいだからな、こっちは『そりゃまた珍しいものが巣喰ったな！　勝負させろ』と笑い飛ばして、それきり忘れた」

劉輝は剣《けん》の師匠《ししょう》を胡乱《うろん》な目で眺《なが》めた。その非難めいた目つきに、自分でもまずかったと思うのか宋太傅はわずかに視線をそらした。

「しょうがないだろが。賢《かしこ》いあいつにわからんもんは、俺がいくら考えたってわからん。だけどな、九年前の内乱で、鴛洵の息子《むすこ》夫婦《ふうふ》が殺されたときにその言葉を思いだした」

「殺された？　確か、事故死じゃ」

「んなわけあるか。九年前の乱じゃ茶一族は嬉々《きき》として参戦して利権を得ようと飛びこみかけたのに、鴛洵に頭を押さえつけられて、相当鬱憤《うっぷん》たまってたからな。中央に出ていた連中などは、鴛洵でさえ抑《おさ》えきれなくなったほど増長しおった。そうして鴛洵が紫州の茶一族にかかずらってる間に、茶州で息子夫婦が死んだ。俺から見ても良くできた息子夫婦だった。幼い娘もいた。できすぎだろうが」

「……確かに」

「だがな、茶州とはいえ、鴛洵と――何より英姫の目をかいくぐるのは相当難しい」

英姫の名を強調した宋太傅に、劉輝は探《さぐ》るような視線を向けた。

「縹…英姫」

「そうだ。神祇《じんぎ》の血族、縹家の娘《むすめ》で、あれは『本物』だった。英姫には先読みの力があった」

王家や彩七家と並び、伝統と格式のある縹一族。古来縹家には異能をもつ者が多く輩出《はいしゅつ》され、その力を以《も》って王家を陰《かげ》から支えてきた。彼らの力と独特の地位は今でも重んじられ、俗世《ぞくせ》の権力こそさほどもたないが、七家に次ぐ名家として敬意と畏怖《いふ》を払《はら》われている。

「でも確か、異能を持つ縹家の娘は、婚姻《こんいん》を結んではいけなかったのでは？」

「英姫が鴛洵に惚《ほ》れて追っかけてきたんだ。どんなに鴛洵に冷たくされても、追い払われても、度胸と根性《こんじょう》で陣中《じんちゅう》まで追っかけてきた。いろんな意味ですげぇ女だが、俺たちの邪魔《じゃま》になるどころか、しっかり協力してたことがいちばんすげぇ。ついには国が恋人《こいびと》みたいな鴛洵を口説き落としちまった。鴛洵も最後は覚悟《かくご》決めて、英姫を縹家からさらった」

「だ、大恋愛《だいれんあい》だったのだな……」

「秘蔵の娘だったんで縹家はカンカンだったけどな。鴛洵は英姫を守り抜《ぬ》いた。茶家当主となってからは、英姫に茶家を任せ、英姫も良く一族をおさえた。頭もいい、度胸もある。ついでに先読みの能力まであったからな。とはいえ、鴛洵と結ばれてさすがにその力は衰《おとろ》えたと聞く。だが、それでもあの英姫の近くで、息子夫婦を殺《や》るなんて芸当は、今までの茶家にはできなかった。英姫はかろうじて孫娘《まごむすめ》だけを救いだした。鴛洵は相当衝撃《しょうげき》を受けてたな。……それで、俺は『化け物』のことを思いだした」

「茶家に、いると？」

「いるかどうかはわからん。ただおかしいんだ。鴛洵の一人息子は優秀《ゆうしゅう》だったが、大層なお人《ひと》好《よ》しだった。隙《すき》をつくのは簡単だ。内部の人間ならば誰《だれ》にでも殺せたろう。だが、あのころあの鴛洵にそういった形で真っ向から歯向かう奴は、茶家にはいなかった」

「……もしいたとしたら？」

「ああ。いたとすれば権力に興味のねぇ真性のやばい奴だろう。鴛洵にさえ尻尾《しっぽ》つかませなかったやつが茶家内部にいて、鴛洵亡《な》き今も、頭角をあらわして立つわけでもなく、いまだに茶家当主の座をほったらかしてんだからな。それともわざわざほったらかしにしてんのかもしれんが。……何で今さらそんなこと訊《き》く？」

劉輝は書翰を石卓《せきたく》に置き、茶州の昊《そら》の方角を見る。

「霄太師が、わざわざ茶州へ行くというので、気になって」

「そりゃ、当主の指輪をもってくためだろうが」

「！　知ってたなら何で教えてくれなかったんです⁉」

「お前にあの指輪預けてどうすんだよ。霄にもってってもらったほうがよほど安全だ」

それにあの指輪は特別だからな——と宋太傅は内心呟《つぶや》く。

「まあ、なんにせよ、茶州はお前が決めた新州牧たちに任せとけばいい。——劉坊主《ぼうず》」

実に久しぶりに訊いた昔の呼び名に、劉輝はぎょっとした。

にや、と宋太傅は珍しく笑っていた。

「なかなか、根性がでてきたな。どんな報《しらせ》がもたらされても、お前はここを動かない。新州牧たちを助ける手も一切《いっさい》打っていない。ただ待っている。それでいいんだ」

「……本当は、飛んでいきたいんです」

小さく呟いた劉輝の頭を、宋太傅は乱暴に撫《な》で回した。

「小坊主が、一人前の男の顔をするようになったな」

きっと、情けない顔をしていると思ったのに。珍しくも優《やさ》しい言葉に、劉輝は笑った。

「宋将軍、私は秀麗に会って、ようやく気づいたことがあるんです」

私、という言葉を劉輝はあえて使った。その意味を正確に理解して、宋太傅は先を促《うなが》す。

「私は、自分があんまり幸せではないと思っていました。大切なものはすべてこの指からすり抜けていくと。だからいつかこの城を出ようと思った。城の外にはきっと幸《さいわ》いがあると――清苑兄上は、その象徴《しょうちょう》だった。この城から出て、兄上を捜《さが》せば、何もかも幸せになれると思った。でも、違《ちが》った。私は逃《に》げていただけなんです」

宋太傅は口を挟《はさ》まず、ただ話を聞いていた。

「清苑兄上に会いたかった。それは本当です。でも同時にそれを城を出る口実にしていたんです。幼かった私は、愛する兄上まで利用した。王城から――嫌《いや》な世界から逃げるために。そして気づきもしなかった。私のそばには邵可や、宋将軍がいたこと。そのときの私は、姿のあるいないでしか、愛情を量《はか》れなかった。だから邵可が私を置いて街へおり、あなたも乱の収拾に奔《ほん》走《そう》していたそのとき……そう、城から出ようと決心したのは、多分そのときだったんです」

ついに邵可と宋将軍も、自分のそばからいなくなった。そう思った。

目をかけても何の益もない末の公子に、長い間注《そそ》いでくれた二人の無言の愛情を、劉輝は信じきれなかった。無条件で人に愛される自信などなかったから、いつ与《あた》えられた愛情が露《つゆ》のように消えてしまうのかと常に不安だった。

「でも、秀麗を愛して……わかったんです。自分は幸せだったのだと。大切な人はたった一人いてくれれば充分《じゅうぶん》なのに、私には二人もいた。心には兄上への想《おも》いもあった。笑ってくれる人、怒《おこ》ってくれる人、頭を撫でてくれる人、お茶を淹《い》れてくれる人、想い出すだけで心が慰《なぐさ》められる人——そう、私は自分の幸運に、こんなにも長い間気づかなかったんです」

宋太傅は覚えている。傷だらけで、泣くことも知らずに府庫にうずくまっていた、かつての末の公子。表情も言葉もなく、兄公子への思慕《しぼ》のみで生きていた幼い少年。

彼に必要だったのは、兄の代わりにそばにいて、ずっと愛情を注いでくれる存在だった。幼い彼に、愛されることをちゃんと教えねばならなかった。けれど自分も邵可も、彼にかかりきりでいることはできなかった。

「どんなに離《はな》れても、この想いは消えない。そばにいなくても、忙《いそが》しくて私のことなど構っていられなくても、あのときの宋将軍たちは、心の隅《すみ》で気にかけてくれていた。私のことを心配して、変わらず想ってくれていた。……ねえ、そうでしょう?」

「恥《は》ずかしいことを口にするな。このうぬぼれやめ」

今まで歴戦の剣士でも音《ね》を上げてきた自分の指導に、たった一人食いついてきた幼い公子。

おそらくは最初で最後の弟子《でし》。

わざと苦々しげに返した宋太傅に、劉輝は嬉《うれ》しそうに笑った。

「こうやって見えない想いに確信がもてるようになったのも、愛することを知ったからです。離れても変わらない想いがある。今はちゃんと信じられる。前置きが長くなりましたが」

劉輝は姿勢を正す。おもむろに冠《かんむり》を外し、頭《こうべ》を垂れた。長い髪《かみ》がさらりと流れ落ちる。

「宋将軍に、心から感謝します。そばにいてくれて、ありがとう」

かつての公子として劉輝は告げた。

宋太傅はたっぷり深呼吸三回分沈黙《ちんもく》して、それから劉輝の後頭部を殴《なぐ》った。ごん、と石卓にまともに額をぶつけて、あまりの痛さに、劉輝は涙目《なみだめ》で顔を上げた。

「……愛の告白をした相手に、この仕打ちはひどい……」

「ナマイキなんだよコワッパが！　かるーくしごかれただけでぴーぴー泣いてた小坊主が、ちっとでかくなっただけで何もかもわかったような顔しやがって。だいたいジジイ相手に愛の告白する前に、惚れた女をどうにかしろってんだ。見事にふられやがって」

劉輝の胸に最後のひと言がぐさっとつきささった。

「……ま、まだ完全にはふられてない……あれ…あれは保留に……」

「ああ!?　何が保留だ。お前この一年ほんっと何してやがったんだ!?　藁人形《わらにんぎょう》なんか贈《おく》ってるからそんなことになんだよこのバカ弟子が。情けねぇったらねぇぜ！」

あれは霄太師のでたらめ解説に騙《だま》されたのだ、と小声で反論するも、まったく聞いてもらえない。劉輝はぼそぼそと師匠《ししょう》を攻撃《こうげき》した。

「……宋将軍だって……」

「ああ？」

「奥さんを初めて逢《あ》い引きに誘《さそ》った言葉が『悪徳剣道場《けんどうじょう》へ道場破りに行くから一緒《いっしょ》にくるか』で、蜜月《みつげつ》の旅は全国戦場跡巡《めぐ》りだって聞いた。出会ってから結婚するのに丸五年」

宋将軍はもう一発、容赦《ようしゃ》なく劉輝の頭を殴った。

「――だ、誰に聞いたこの野郎《やろう》」

問うまでもなく、噂《うわさ》の出処《でどころ》など、霄太師に決まっているのだが。

「い、今本気で殴った。余はもう王様……」

すかさず傍《かたわ》らの冠に手を伸《の》ばしたが、寸前で宋太傅にドカッと冠を殴り飛ばされる。

「うわ、一応国宝なのに」

「剣はもってるな。久しぶりにしごいてやる。おらこい」

久々に目にする師匠の臨戦態勢に、劉輝は昔を思いだして青くなった。

「い、いやもう宋将軍の愛は痛いほどわかっているから。あっ頭痛、殴られた頭が痛《いた》」

「こいってんだよ」

襟首《えりくび》をつかんでずるずると引きずられる。

トホホとあきらめながら、劉輝は昊を見上げた。

『化け物が巣喰《く》っているかもしれぬ』

名大官、茶太保が呟いたという言葉が頭を巡る。

ただ待つのはつらい。何もしないでいるのは不安だった。それでも、すべてを託《たく》した自分が、彼らを信じて任せないでどうする。

だから劉輝は何もしない。打つ手は打った。あとは彼らの仕事だ。

「信じろ。お前が藍家の若造と、李《り》絳攸に贈った〝花〟の意味を忘れたか」

まるで心を見透《みす》かしたように宋太傅が言った。

花菖蒲《はなしょうぶ》──その意味は『あなたを信頼《しんらい》します』。

「他人に、自分の大切なもんを任せられる度量──それが王の器《うつわ》だ。新州牧たちは確かに若く、経験もない。側近たちのように、お前の信頼に値《あたい》しないのなら州牧なんかに据《す》えるな。目に見えないものも信じられると言った舌の根も乾《かわ》かぬうちにそんな顔すんじゃねぇ」

根性叩《こんじょうたた》き直してやる、とぷりぷり怒る宋太傅に、劉輝は苦笑《くしょう》した。

「……私は、打たれ弱いんです。失うのが怖《こわ》くて、すぐに不安になってしまう」

「それでもお前はちゃんと前に進んでる。迷ってもちゃんと選ぶ。大切なもんを手放す強さがある。少しは自信を持て。あの高慢《こうまん》な側近たちが迎《むか》えに来るくらいにはマシな王だ。熱中症も辞さないあいつらの根性に免《めん》じて今すぐヤキ入れるのは勘弁《かんべん》してやる。あとで廁《かわや》で待ってろ」

劉輝が首《こうべ》を回《めぐ》らせると、前方に李絳攸と藍楸瑛が立っていた。長い間そこで劉輝を待っていたことが、二人の額からすべる滝《たき》のような汗《あせ》でわかる。

劉輝は思いだした。信じたぶんだけ、彼らは返してくれた。そうでないこともあるけれど、信じなければ何も返ってこない。

「打たれ弱いので、厠には行きません……」

ぼそぼそとそれだけ言うと、やや救われた気持ちで劉輝は側近たちのもとに戻《もど》った。

そして絳攸から「遅《おそ》い」とまた頭を殴られたのだった。

●❋●❋●

「静蘭たちは着々と進んでるみたいね……」

秀麗は榜示《たてふだ》を見上げてボソリと呟《つぶや》いた。

そこには下手くそな似顔絵がでかでかと貼《は》られていた。一人は髭面《ひげづら》で左頬《ひだりほお》に傷のある男、もう一人はどこか武官風の格好をした目つきの悪い男だった。

『この両名、極悪盗賊《ごくあくとうぞく》〝殺刃賊《さつじんぞく》〟の一味にて、凶悪《きょうあく》な輩《やから》どもである。見かけた者には金一封《きんいっぷう》、捕《つか》まえた者には金五十両を与える。なお一人は棍《こん》使い、もう一人は剣士《けんし》……』

以下延々とつづき、名は公開されてなかったが、秀麗には誰《だれ》のことかすぐにわかった。行く先々の街や邑《むら》で必ずといっていいほどお目にかかれる手配書だ。単なる盗賊にしては破格の懸《けん》賞金《しょうきん》から、裏があるのだとすぐに知れる。

そしてもう一つ。

「なあ聞いたか？　今度は紹茜《ろせん》の街だってよ！」

「聞いたわ、またでたんでしょう、謎《なぞ》の賞金稼《かせ》ぎ二人組！」

「あの〝殺刃賊〟を片っ端《ぱし》からとっつかまえて、荒稼《あらかせ》ぎしてるんだってなぁ。すげーよ」

「それがすっごくカッコいいって噂よ！　二人ともかなりの美形なんですって!!　きゃ」

「強くてカッコよくて名乗らず消え去る……なんて素敵《すてき》なの！　やーん、会いたい!!」

これも、行く先々で耳にする噂話《うわさばなし》であった。

もちろん秀麗にはこの『強くてカッコいい賞金荒稼ぎ二人組』が誰なのかということも、ちゃんと見当がついていた。噂話にでてくる地名は着々と金華に向かっているのだ。

（ふ……ちゃんと路銀も稼いでくなんて、なかなかわかってきたじゃないの）

倹約《けんやく》隊長の気持ちでそんなことを思いつつも、顔がほころぶのを抑《おさ》えられなかった。

たとえ無事を信じていても、ちゃんと情報として安否が入ってくるか否《いな》かでは、安心感に大きな差がある。彼らがこんなに派手に動いているのも、それを見越《みこ》してのことなのだろう。

（それに、影月くんたちが一緒にいないってことは……多分、無事なんだわ）

でなければ、あの二人が助け出しているはずだ。

「おや香鈴、いい顔をしているね。妬《や》けるな」

「げ、若様」

いきなり耳元で囁《ささや》かれた美声に、秀麗はかなり失礼な返事をした。これには千夜も少々傷ついたらしく、口をとがらせた。

「げ、ってなんだい。私は今まで女性に声をかけてそんな返事をもらった例《ためし》はないよ」

「や、驚《おどろ》いて。てっきり旅宿でいつものようにくつろいでいるものとばっかり」

「君がまたお茶を購入《こうにゅう》しないか見張りにきたんだ」

「ああ、それなら一足遅かったですね。今包んでもらってる最中です」

千夜は額をおさえた。

「……ねえ香鈴、行く先々で甘露《かんろ》茶《ちゃ》を買い占《し》めてどうするの。茶屋でもひらくつもり？」

秀麗はふっと不敵に笑ってみせた。

「若様、雇《やと》われるときに私、お願いしましたよね？　お給金のかわりに、好きなだけお茶を買わせて下さいって。若様、いいよっておっしゃったじゃありませんか」

「そりゃ言ったけどね、あんなに買うとは思わないだろう。給金払《はら》った方が安いくらいだ」

「いーえ。同じくらいです。私ちゃんと計算して買ってますもん。一度にまとめて買ってるので高く見えるだけです。給金ぜんぶ甘露茶につぎ込めばあれっくらいは平気で買えます」

千夜はやれやれと肩《かた》をすくめた。

「なぜ、あんなに買う必要があるんだい？　私には全然淹《い》れてくれないのに」

「大切な人たちに、あとでたくさん淹れてあげるためです」

サラリと言った秀麗は、そのときの千夜の顔を見なかった。

「……ふうん？　いるんだ、大切な人。しかも複数」

「ええ、います」

「……妬《や》けるね」

もう一度千夜は言った。秀麗はその口調に違和感《いわ》を覚えて振《ふ》り返った。けれど千夜はいつも通りの優美な微笑《びしょう》を浮《う》かべているだけだった。

「それにしても、〝殺刃賊〟も謎の賞金稼ぎたちもすごい噂だね。まるで私たちを追いかけてくるみたいに一緒の方向に向かってる」

榜示《たてふだ》を見ながら千夜は首を傾《かたむ》けた。そしてやはり噂話を耳にして、おやと呟いた。

「紹茜《ろせん》か。じゃあ追い越《こ》されてしまったね」

「そ、そうですね」

「身軽なところは羨《うらや》ましいな。でも私たちはのんびり行こうね」

「急いで下さいって私、砂恭の全商連に頼《たの》んだはずなんですけどねえ」

「何事も余裕《よゆう》をもたなくてはダメだよ」

「若様のは余裕じゃなくて怠惰《たいだ》っていうんですよ」

すかさず切り返すと、千夜はしきりと感心している。

「なるほど、うまいな。これほど短期間でここまで私をわかってくれた女性はいないよ。もう僕たちは夫婦《ふうふ》になるしかないと思うんだ、香鈴」

「歳《とし》の差を考えてから冗談《じょうだん》いってください」

「そう?」

歳ねえ…としばらく考えを巡らせて、千夜はふと思い当たったようにいった。

「新州牧と茶本家の子息の結婚話《けっこんばなし》も似たような歳まわりだったけど」

「ああそう新州牧……はい⁉」

寝耳《ねみみ》に水の話に、秀麗は仰天《ぎょうてん》した。

「しゅ、州牧が結婚⁉　てどっちの⁉」

「男と男は結婚できないと思うけれど」

ということは、影月じゃなくて秀麗のほうで……って私⁉

「若様、甘味《かんみ》でも召し上がりませんか」

「え？」

突然《とつぜん》の話題転換《てんかん》に、千夜は切れ長の美しい目をわずかに丸くして秀麗を見た。

「ひとつじっくりとお話を伺《うかが》いたいと思いまして。おごりますから。氷菓子《こおりがし》一つなら」

千夜はくすりと笑った。

「いいよ。私がだすから、君は好きなだけ頼んでいいからね」

・◉・◉・

「姫《ひめ》さんと茶家の次男坊《じなんぼう》の結婚かぁ。まあ、王道だよな。姻戚《いんせき》関係結んで取り込むのって」

静蘭はすでにのびている〝殺刃賊〟の一味を、追い打ちをかけるように無言で殴《なぐ》った。

「朔洵か。歳は二十九くらいだから……俺らよりちょい年上で、姫さんとは十二違《ちが》いか」

夕暮れの街道《かいどう》はまさしく死屍累累《ししるいるい》といった様相を呈《てい》していた。立っているのは静蘭と燕青だけで、しかもまったくの無傷である。

「ひいふうみい……雑魚《ざこ》ばかりだが、金十両にはなるか」

「あれ、興味ない？」

「ない。どうせ最初からまとまるはずもない縁談《えんだん》だ。万が一まとまったとしても朔洵とかいう男、あっというまに吏部《りぶ》尚書に刺客《しかく》を送られて、瞬殺《しゅんさつ》でご破算だろう。どうせ茶家の内情など黎深殿《どの》には筒抜《つつぬ》けだ」

「あっはっは。……それシャレじゃないとこが怖《こわ》いよな。あの吏部尚書のお眼鏡《めがね》にかなわなくっちゃ、姫さんの旦那《だんな》にはなれないんだよなー。うわーすっげぇ難関。なあ静蘭？」

「余計な話を振る前に、縛《しば》りあげる手伝いしろ」

「へいへい」

燕青は前後不覚な賊の男たちを手際《てぎわ》よく縛りあげていった。どさくさで金目のものはきっちり剝《は》いでいく。そのうち、燕青は何やらにやにやと笑い出した。

「……気持ち悪いぞ燕青。へらへら笑うな」

「いやー、街での話思いだしてさー。さっすが姫さんだなって嬉《うれ》しくなっちまってさ」

「当たり前だ」

「そういうけどさ、誰にでもできるこっちゃねぇよ。結構感激した。だって俺あそこまで教えてねーもん」

燕青は心底嬉しそうだった。

「砂恭でさ、俺たちが捕まった直後に全商連に行ったたっていうんだぜ。いちばん安全で、確実な方法をたった数刻ではじきだした。一人になって不安で寂《さび》しかったろうに、姫さんは時間を無駄《むだ》にしなかった」

「ああ」

「しかもちゃんと足跡《あしあと》を残してくれてる。すっげぇ方法でさ」

崔里を出る際に、どうにか秀麗の消息がつかめないかと二人で歩き回った。するといくらもたたないうちにあっさり情報が手に入った。

『いんやぁ、甘露茶は売り切れでねぇ。二胡《にこ》の上手な嬢《じょう》ちゃんが買い占めてくれたんだよ』

茶葉屋で旅人にそう話す店の主人の声が耳に入ってきたのだ。

茶州の銘茶《めいちゃ》、甘露茶はどこでも旅人によく売れる。しかし全部買い上げたとなれば、店の者の記憶《きおく》に残らないわけがない。聞くと、その店の主人は詳《くわ》しく秀麗のことを教えてくれた。

『いやー、一見平凡なお嬢さんなんだけどね、二胡がとっても上手なんだよ。何で知ってるかって？　このごろ高級旅宿から毎晩綺麗《きれい》な二胡が聞こえてくるって評判でね。そんな話してたら、自分はそこの若様の侍女《じじょ》になって、毎晩弾《ひ》いてやってるって答えるじゃないか。若様の名前？　ああ覚えてるさ。なんたって買い占めのときに、お代は琳家の若様、琳千夜様まで、って言ってたからな。琳家っていったらホラ、わしでも知ってるくらい有名な商家だろ。金華に行く用事があって、砂恭の全商連で雇ってもらったそうだから、あのお嬢さんもちゃんとしたとこの娘《むすめ》さんなんだろうな。でも甘露茶を買い占められたのは初めてだよ』

下手に伝言や手紙を頼んだら、どんなに自然を装《よそお》っても必ずどこかでボロが出る。けれど世間話の形をとることで、秀麗は見事に森の中に特別な木を隠《かく》してみせた。

静蘭たちは行く先々で、ただこう訊《き》けばいいのだ。『甘露茶が買い占められたって？』。そうすれば主人のほうからしゃべってくれる。そして自分たちも客の一人としてしか主人の記憶に残らない。『こういう女の子見なかった？』などと訊くほうが、よほど不審《ふしん》に人の記憶に残る。秀麗は自分ばかりか、静蘭たちの身まで守っているのだ。

世間話の中で、秀麗はいくつもの情報を残した。どこから来て、いまどこにいて、何をしているのか。崔里の茶葉屋に寄ったおかげで、秀麗の無事だけでなく、その動向まで完璧《かんぺき》に把握《はあく》することができた。それは静蘭と燕青を安堵《あんど》させた。そして、秀麗のとった方法は、今静蘭と燕青がしていることと根本的に同じことなのだ。噂《うわさ》に紛《まぎ》らせて消息を伝える――。

「甘露茶を買い占める妙《みょう》なお大尽《だいじん》がいるってだけの話だ。姫さんはその使いだが、店の親爺《おやじ》の記憶に残るのは姫さんの話だ。森の中で一本の特別な木を見つけられるのは俺たちだけ――なんともはや、鮮《あざ》やかなもんじゃん。それで俺たちは茶葉屋に行くだけでいいわけだ。なにしろどこに行っても絶対買い占めてるもんな、甘露茶。感激じゃん。あの倹約家《けんやくか》の姫さんがさ、俺らのために金を湯水のように使ってくれちゃってんだぜ。ほんと愛されてるよなー俺たち」

「お前はついでだ。オマケだ。菓子屋《かしや》で当たり籤《くじ》ひいてもう一本もらえた駄菓子《だがし》だ」

「俺オマケの駄菓子の方が好きだもん。――なあ静蘭、姫さんといるとおもしれーなぁ。こっそり行くかと思ったら、すげぇ派手な道行きしてるし。ここまで豪快《ごうかい》に信じてくれちゃったら、こっちも期待にこたえるしかないよな。姫さんも影月もいい州牧になるぜ。悠舜もきっと気に入る。新米州牧たちのそばで働ける日が本当に楽しみだぜ。お前もいるしな」

静蘭が珍しく素直《すなお》に頷《うなず》こうとしたとき、不意に記憶の奥底に埋《うず》もれていた声が、した。

「残念ながら、その日がくるのはあきらめてもらおうか」

静蘭は凍《こお》りついた。この――声は。

「……瞑祥《めいしょう》……」

「ほう…その顔、ずいぶん雰囲気《ふんいき》は違うが面影《おもかげ》があるな。まさか本当に〝小旋風《しょうせんぷう》〟までいたとは。運命を感じるな」

十四年もの時を経ていたが、その声は間違えようもなかった。顔を向けようとして、静蘭は自分が情けないほど震《ふる》えていることに気づいた。

――平気だと思っていた。けれど全然そうではなかったのだ。それを思い知らされた。

昔の自分と向き合うことが、これほど――。

「ふふ、どうした〝小旋風〟。あんなにかわいがってやったのに、もう忘れたのか？」

心が憎悪《ぞうお》に染まる。凪《な》いでいた風が荒《あ》れ狂《くる》い、殺意が全身を駆けめぐる。

この男と関《かか》わりがあったのは、はるか昔の、ほんの幾月《いくつき》かのことだった。だが永らえた生命《いのち》を、あれほど悔《く》やんだ日々はない。

あまりの憎しみに目が眩《くら》んだ。ひと言も発さない静蘭の反応をどう受け取ったのか、〝殺刃賊《さつじんぞく》〟現頭領の瞑祥は、楽しげに静蘭を眺めた。

「あの頃も綺麗な顔をして、そのくせ平気で人を殺せる冷徹《れいてつ》さが気に入りだった。お前を独り占《じ》めできて、私がどんなに自慢《じまん》だったかわかるか？　何の感情もないお人形もよかったが、平和に腑抜《ふぬ》けた今のお前も捨てがたい。そんな優《やさ》しい顔をして、人を殺す刃《やいば》を秘めたその目」

殺意がぞっと背筋を這《は》いのぼった。本能的な衝動にかられて、剣《けん》の柄《つか》に手をかけた瞬間、燕青が静蘭をかばうように瞑祥の前へ進み出た。

「あいっかわらず変態だなー瞑祥のおっちゃん。そろそろガタがきてるトシだろ。いい加減バカなことやってねーで、とっとと失《う》せろよ。目障《めざわ》りだ。——ぶち殺すぜ」

最後の一句とともに放たれた燕青の殺気は、静蘭の憎悪をも吹《ふ》き飛ばす勢いがあった。

「覚えてるぜ、瞑祥。あんとき評判の絵師とかいって売り込みにきたの、てめーだったよな」

瞑祥は笑った。

「は…そうだったな〝小棍王《しょうこんおう》〟。おかげでたっぷり稼《かせ》がせてもらったよ。一つの贋作《がんさく》もなく、趣味《しゅみ》もよく、保存状態もよく、連作に欠けもなく、好事家《こうずか》どもに回したら、大金が転がり込んできたっけな。お前の親父はまったく見事な、本物の商人だったよ。お頭の——晁蓋《ちょうがい》からの皆《みな》殺《ごろ》しの指示がなかったら、お前の母親や姉妹《しまい》もさぞイイ値で売れたろうに。一回こっきりで捨てるには惜《お》しい上玉だった。勿体《もったい》ないことをしたな」

今すぐ飛びかかって首の骨を折ってしまわないのが不思議なほどの侮辱《ぶじょく》だった。静蘭は、肩《かた》で静かに息をする燕青の広い背中を見つめた。自分よりいくぶん背の高い燕青の表情は、背後からではどうしても読めなかった。

殺気は薄《うす》れていない。けれど燕青の声は淡々《たんたん》としていた。

「新頭領じきじきに出張ってくるなんざ、そっちは深刻な人手不足か？」

「あいにくと、ここに転がってるのも、お前たちが片っ端《ぱし》から捕《つか》まえているのも、金で雇《やと》った下っ端《ぱ》どもだ。本物の〝殺刃賊〟には毛ほども打撃《だげき》を与《あた》えていないぞ。ここに私が出向いてきたのはな、お前たちの顔を久々に眺《なが》めてやりたかったからだよ」

「は。じゃあ満足か？　足腰弱ったあんたと違《ちが》って、俺たち二人ともいい男になったろ。上司にも同僚《どうりょう》にも友達《だち》にも恵《めぐ》まれて、夢も希望も盛りだくさんで未来はバラ色。むさい野郎《やろう》どもと徒党くんで殺しと変態行為《こうい》に明け暮れて、お先真っ暗、このさき老《ふ》けて転げ落ちるだけのてめーにちょっとくらい羨《うらや》ましがらせてやってもいいんだぜ。別に減らねーし」

能天気な口上につられ、自分でも予想外なことに静蘭は噴《ふ》きだしてしまった。

逆に瞑祥は憤怒《ふんぬ》の形相になった。

「お前は入ってきた時から気にくわなかった。〝小旋風〟と違ってまるでかわいげがない」

「紅顔の美少年をつかまえて何を言う！」

(厚顔の間違いだろう……)

どこかの誰《だれ》かと同じようなツッコミをしてから、燕青の場合そういうところがかわいくなかったのだろうな、などと妙に冷静に分析《ぶんせき》してしまう静蘭である。

「お頭の唯一《ゆいいつ》の失敗は、浪家に押し入ったとき、気まぐれでお前を殺さなかったことだ。ガキ一匹《ぴき》見逃《のが》したせいで、〝殺刃賊〟は壊滅《かいめつ》した」

「俺の唯一の失敗は、運良く逃《に》げたてめーを地獄《じごく》の果てまで追っかけてぶち殺さなかったことだぜ。まったく俺が心優《やさ》しいばっかりにさー、変なとこから芽が出てきちまって大変。刈《か》っても煮《に》ても焼いても食えないし。あ、懸賞金《けんしょうきん》がでるかー。……でも考えてみりゃ、公金なんだから巡《めぐ》り巡れば俺たちが出してんのか！　うわーヤなこと気づいた」

苦悩《くのう》する燕青の様子は、馬鹿にしてるとしか思えない。瞑祥はぶるぶる震えた。

「お前が州牧だったとはな。たった十三で〝殺刃賊〟を潰したやつが州牧！　お笑いぐさだ」

「うん、誰に言っても笑われるんだよなー。俺一生懸命《いっしょうけんめい》やってたんだけどー」

「……っ！　貴様と話すのは時間の無駄だ！」

「そりゃこっちの台詞《せりふ》だ。俺だって変態野郎と話し込みたかねーや。用件先にいえよ」

それとも、と燕青は棍《こん》を構えた。

「ここで手っ取り早くカタつけたって構わないんだぜ」

「ふん、顔を見に来ただけだと言ったろう。いいか、殺し一辺倒《いっぺんとう》の晁蓋とは違う。私は」

とん、とこめかみを叩《たた》いて薄く笑う。

「頭《ここ》を使う。金華に来てみるがいい。私の言葉の意味がわかる。そこでお前をいたぶり殺してやるよ、〝小棍王〟。〝小旋風〟のほうは、また手元に置いてかわいがろうか？」

低い声でささやかれ、静蘭は思わず燕青の衣の裾《すそ》をつかんだ。そのことにすら気づかないほど動揺《どうよう》した静蘭を、燕青は振り返らずに背後へと隠した。

「バッカてめぇ、こいつにゃ元気で気だてがよくて菜《りょうり》もうまくて機転がきいて努力家のかわいい姫《ひめ》さんがいんだぜ。しかも今ならもれなく強くてカッコ良くて心の友の俺様もついてくる。どう頑張ったってお前に勝ち目はねぇんだよ。ほら、嫌《きら》われてんだからとっとと失せろよ。言われなくてもちゃんと金華にゃ行ってやるからさ」

棍の先端《せんたん》を瞑祥の胸先《むなさき》へ突きつける。

「ふん、用意しておこう。ただし貴様用だ。私は誰かと違って気が利《き》くからな」

「――墓場と棺桶《かんおけ》、用意しとけよ。俺はやさしー男だがそこまで親切じゃねぇからな」

それきり、濃度《のうど》を増した夕闇《ゆうやみ》の中から気配が掻《か》き消えた。

「……行っちまったぜ」

燕青は身じろぎしない静蘭に背中で声をかけた。強《こわ》ばった指がゆっくりほどけてゆくのを確認すると、いつものようにあっけらかんと笑って振り向いた。

静蘭の矜持《きょうじ》が誰より高いことを知っていたから、燕青は何ひとつ茶化したりしなかった。

「もう日も暮れちまう。こいつら早いとこ縛《しば》りあげて、賞金もらって茶葉屋に行こうぜ。甘露《かんろ》茶一杯《ちゃいっぱい》くらいならおごってやるぞ」

「……お前も、もれなくついてくるのか……」

「こめつきバッタよりは役に立つと思うんだけどなー」

静蘭は笑い出した。瞑祥と遭遇《そうぐう》したというのに、こんな風に笑えることが不思議だった。

「まあ、今ならそのくらい認めてやってもいい。でも甘露茶はいらない」

「む。確かに姫さんと一緒《いっしょ》の方がうまいとは思うけどさ」

「楽しみは最後にとっておくのが好きなんだ。でもそのときは、お前が隅《すみ》にいてもいい」

素直《すなお》にありがとうって言ゃぁいいのに、と燕青は思ったが、それは口にはしなかった。

●❋●❋●

秀麗はその晩も、変わり者の雇い主のために二胡《にこ》を弾《ひ》いていた。

「……どうしたのかな。気もそぞろな音だね」

長椅子《ながいす》に寝そべりながらくつろいでいた千夜が、ちらりと視線を向けた。

「はあ、まあ。やっぱりわかりますか」

「そんなに州牧の結婚《けっこん》が気になるの？」

「そりゃ…に、似たような年頃《としごろ》のかたって聞きますし」

とはいえ、それで消息不明だった香鈴たちの安否も見当がついた。茶本家の手によって、金華にいるという結婚相手の次男坊《じなんぼう》とやらのところへ連れていかれているのだろう。ということは彼らの命は無事だが、香鈴が自分の身代わりをしているということになる。

「それに政略結婚でしょう」

「よくあることだよ」

「ええ。でも今回はかなり強引《ごういん》なんじゃないですか。ご本人どころか、お嬢《じょう》さんのお家にも了解《りょうかい》をとらないなんて」

「だって紅本家秘蔵の姫なんだろう。まともに攻《せ》めたって茶家なんか相手にしてくれないよ」

「……ひ、秘蔵の姫だったんですか……」

本人も初めて知る驚愕《きょうがく》の新事実である。その秘蔵の姫が明日のご飯代を稼ぐためにあくせく働き、長年米の飯に憧《あこが》れていたとは誰も知るまい。

「紅家直系長姫《ちょうき》といったら、つりあうのは王族か藍家くらいなものだよ。他の六家でもまあ直系男子なら考えてもいいという程度だ。なかでも今の茶本家は本流とはいえないから、あの誇《ほこ》り高い紅一族が許すはずもないだろうね。奪《うば》おうと思うなら、こういった形での事後承諾《しょうだく》くらいしかない。さすがの紅家も、既成《きせい》事実をつくっちゃった姫を返せとは言えないだろうし」

「き――……」

秀麗は絶句した。千夜は手を伸《の》ばすと、卓子《たくし》の上の葡萄《ぶどう》をつまんだ。

「噂《うわさ》だと、そのお姫様は美人で気品も気位も高い、まさしく『高貴の姫』らしいから、そういった形になるとやっぱり観念すると思う。戻《もど》っても、もうお嫁《よめ》の行き手もないから」

「へ、へえ……『高貴の姫』……」

どうやら香鈴は『本物』とは似ても似つかぬ紅秀麗を演じているらしい。

(……や、確かに私より本物らしいお姫様だし? むしろ私が本物よ! って主張しても誰も信じてくんないどころか「バカいってんじゃねえ!」ってあっさり殺されてたかも……)

なんだか千夜の話を聞いていると、自分の氏素性《うじすじょう》がまるで嘘《うそ》っぱちのような気がしてくる。

『紅家直系の肩書《かたが》きはあまりに重い――』

玖琅叔父《くろうおじ》のいっていたのは、多分こういうことなのだ。単なる事実で、今まで飯の種にもならなかった名が、あの家を出て一人歩きをはじめた。武器にすれば怖《おそ》ろしく強いが、振《ふ》り回されれば潰されてしまう。

「ふふ、でも私なら『高貴の姫』より君のほうがずっといいけれどね」

くすくすと笑う千夜に、秀麗は溜息《ためいき》をついて再び二胡を弾きはじめた。

「はぁ、どうもありがとうございます」

「……ねぇ香鈴、君は何をそんなに構えているの？」

「？　構えてる？」

「恋愛《れんあい》に対して、とても臆病《おくびょう》にみえるよ。少しでも近づこうとすれば、そうやって素知らぬ顔をしてすぐさま硬い鎧《よろい》で心を覆《おお》う。私をいつまでも若様と呼ぶのもそのせいだろう」

二胡の音が止まった。

「何か、あったのかな。ひどい男に裏切られて捨てられたとか」

「いいえ」

まっすぐに好きだと言ってくれた人がいた。いつまでも待つと。

けれど秀麗には等しく返せる想《おも》いがなかった。いいや、わざと考えないようにしていた。

「……余裕《よゆう》が、ないだけです」

「余裕？」

「今は、恋愛に割《さ》く心の余裕がなくて。もっと大人になって…色々なことを器用にできるようになれたら、できるかもしれませんけれど」

「だから少しでも気配を感じると、恋《こい》をする前に逃げるんだね。恋をするのが、怖《こわ》い？」

秀麗は息を詰《つ》め、それから深く吐《は》いた。

「……正直に言うと、怖いです」

大切な人はたくさんいる。けれどその中から『特別な人』をつくるのが怖かった。もし心のすべてがその人に向いてしまったら——嵐《あらし》のような感情に翻弄《ほんろう》され、手にしたものを全部なくすような気がして。自分の不器用さを知っていたから、なおさら踏《ふ》み込《こ》む勇気がなかった。

「気が合うね。私も怖い」

「はい⁉」

「……なんだってそう素っ頓狂《とんきょう》な返事をするんだい」

「いやだって若様、綺麗《きれい》な女の人と見れば片っ端《ぱし》から口説きまくってんじゃないですか」

「遊びだからできるんだよ。でも一度本物に当たったら躊躇《ちゅうちょ》はしなくなるだろうな、と」

「躊躇？」

なにをする必要があるというのだろうか。しかし千夜は笑って答えなかった。

「香鈴、もうすぐ金華だ。着いたそのときには、君の本当の名前を教えてくれる？」

「なん……」

今度こそ、秀麗は言葉を失った。

「君に、香鈴という名前は似合わないよ。かわいらしすぎる」

「わわわ悪かったですね！　かわいくなくて！　いいじゃないですか別に！」

「もっと凜《りん》とした名前の方が似合ってる」

千夜はするり長椅子から身を起こすと、秀麗の腰《こし》を引き寄せた。

しばらく何が起こったかわからなかった。それほど自然な仕草だった。

「――っ！」

千夜は突《つ》き飛ばされる前に唇《くちびる》を離《はな》した。反射的に唇をぬぐう秀麗を見て、小さく笑う。

「おやすみ香鈴。約束だ。金華についたら本当の名前を教えておくれ。君の主《あるじ》として最後の命令にするから、拒否《きょひ》は許さないよ」

美しい声で、彼はそう告げた。

●　❋　●　❋　●

「もうすぐ、金華に着きますね」

克洵は顔をあげて唐突《とうとつ》にそんなことを言った。影月はくすくすと笑った。

「ええ。このぶんなら無事に着きそうですね。色々と親切にしてくださってありがとうございます。それより暗くなってしまいました。灯《あか》りをつけましょう」

影月は伸び上がって、幌《ほろ》屋根の梁《はり》からぶら下がる燭台《しょくだい》に火をつけた。周囲には大量の書物が散らかされている。

「すみません、妙《みょう》なことを頼《たの》んで」

克洵は申し訳なさそうに苦笑いした。

「情けないですね。僕の方がずっと年上なのに、君より遥《はる》かに出来が悪くて」

「……克洵さんは、官吏《かんり》になりたいんですか？」

勉強を教えてください——と、克洵は言った。一緒に金華の街を目指すと決まったその日のことだ。影月はそれから毎晩つきっきりで克洵の相手を務めていた。

克洵は照れたように頷《うなず》いた。

「恥《は》ずかしながら。ちゃんと国試に受かって、鴛洵の大伯父《おおおじ》さまのようになりたいと思ってるんですけど、僕本当に凡人《ぼんじん》なんです。なんの取り柄《え》もないし、要領も悪くて」

「もしかして、独学で？」

「ええ。だから余計はかどらない。うちのおじいさまに言ってもバカにされるか、お金で官位を買ってくれるだけだと分かり切ってますから、言えなくて」

「あの、鴛洵…様って、もしかして先に亡《な》くなられた茶太保のことですか？」

すると、思いがけない方角から鋭《するど》い叱責《しっせき》が飛んできた。

「まあ！　あなたそんなことも知らなかったんですの⁉　信じられませんわ！」

「え、な、なんでそんなに怒《おこ》ってるんですか香鈴さん」

「鴛洵さまを今の今まで知らなかったあなたには、お夜食は抜《ぬ》きですわ！」

「え？　え？　そ、そんなーどうして」

二人のやりとりに、克洵は思わず笑った。

「……大伯父さまは本当にすごい人で……天才、というんだろうね、あっというまに紅藍両家を抑えて、先王のおそばに上がってしまった。『国の剣《けん》は宋将軍、国の頭脳は霄宰相《さいしょう》、国の真心は茶大官』――って、先王のお言葉を知っているでしょう？　名誉《めいよ》ある〝花〟を享《う》けた大伯父さまは、茶家の誇りであり、僕の憧れなんです」

影月それに対する相づちを避《さ》けた。

「……かなり前から、勉強してらっしゃるでしょう？　基本的なものは網羅《もうら》されてるから」

「え、と。年数だけはね。でも、ぜんぜん君には及《およ》ばない」

「そうですね、あなたは天才ではない」

克洵は怒らなかった。ごく自然に、ええ、とだけ頷いた。影月はつづけた。

「そして僕も、天才じゃありません」

「ええ？　まさか」

「正直に言います。僕、必死で勉強しました。時間もお金もなくて、前回が生涯《しょうがい》最初で最後の国試でした。落ちれば、もう次はなかった」

史上最年少の状元及第者の思いがけない告白に、克洵と香鈴は目を丸くした。

「僕は本当にのんびり屋で、要領も悪くて。でも一刻も早く国試に受かりたかったし、一発勝負ってわかってたから、不安を消すためにたくさんたくさん勉強しました。これで落ちたらしょうがないって、自分が納得《なっとく》できるくらい、何度も書物を写して暗誦《あんしょう》して。紙代が勿体《もったい》なかったので、冬はお道寺《てら》の畑に木の枝で書き掘《ほ》って、他《ほか》の季節はあぜ道に。要領が悪かったので、書いて覚えるしか方法がなくて。そうやってすべてをそらで書けるようになってもまだ不安でした。僕はそれくらいしないと受からなかった、……僕は、天才ですか？」

克洵は何も言えなくなった。影月は小さく笑った。

「僕、本物の天才を一人知ってます。同じ試験で二番目に受かった人なんですけれど、あの人は本当の意味で天才でした。だっていつも寝《ね》てたんです。一回目を通せば、大概《たいがい》の書物は頭に入って忘れないって。国試に一冊の書物ももってこなくて、試験時間以外ほとんど寝ていて、気まぐれに笛まで吹《ふ》いて、それで傍眼及第《ぼうげんきゅうだい》しちゃったんです。ああ、こういう頭だったらよかったなって、心底羨《うらや》ましく思いました。だからこの世に天才はちゃんと存在してますけど、僕はその中には入らない。それは僕自身がよくわかってます」

「ごめん……本当に情けないね、僕は。もう十八になるのに」

克洵はほろ苦く笑った。影月はゆっくりかぶりを振った。

「謝らないで下さい。責めているわけじゃないんです。天才じゃなくても、それを補うものはちゃんとあるってことを、生意気ですけれど、知ってほしかったんです。僕と違《ちが》って、あなたにはお金も時間もある。それにいちばん大切なものも、もってらっしゃいます」

「いちばん大切なもの……？」

「はい。それがあるから、克洵さんは必ず国試に受かります」

にこっと笑うと膝《ひざ》で這《は》い寄って、また克洵の隣《となり》へ腰を落ち着ける。

「さあ、もうちょっとだけ頑張《がんば》りましょう」

香鈴は影月の前に、先刻あげないといっていた夜食をそっと置いた。

それに気づいた影月は、静かな笑顔《えがお》だけを香鈴へと向けた。口にするたくさんの礼の言葉よりも、そこには優《やさ》しい気持ちがあふれていた。

(なんですの)

照れ隠《かく》しに、香鈴はふいっと顔を背《そむ》けた。

(年下ですのに、わたくしより大人のような顔をなさって)

ポッと火が灯《とも》ったような胸の奥で、生意気ですわ、と香鈴は小さく呟《つぶや》いた。


茶州商業の中心地、商人たちの都――金華《きんか》。

豪奢《ごうしゃ》すぎる調度の数々が下品にすら見える一室に、茶家三兄弟の長男・茶草洵はいた。

窓から見下ろす中心地には、夜も更《ふ》けたというのに煌々《こうこう》と明かりが灯り、暗くなっても途切《とぎ》れることのない人の波で、街の通りは一見華やかなにぎわいを見せている。

「なんだと？」

草洵は夜半になって合流した瞑祥の発した言葉に、眉《まゆ》を寄せた。

「克洵の連れてくるガキ二人を殺す？」

「ええ。雇《やと》い主からのご命令でね」

草洵は首をひねった。

「祖父様《じいさま》が？……紅家の女は朔洵の嫁《よめ》にするんじゃなかったのか？」

それこそが祖父・茶仲障の指示だったはずだ。なのに急に計画を変更《へんこう》するとはどういうことだ？　日頃《ひごろ》あまりものを深く考えないたちの草洵も、さすがに不思議に思った。

くっと瞑祥は笑った。

「あの娘《むすめ》は偽者《にせもの》だったようです」

「ニセモノ⁉」

「それを報《しら》せる文の到着《とうちゃく》が遅《おく》れたので、みすみす逃《のが》してしまいましたが。もう少し滞在《たいざい》して様子を見るべきでした。まったく、どこであんな身代わりを見つけてきたんだか」

「……つーと、俺はただの女に……あれっだけ馬鹿《ばか》にされてたってか⁉」

草洵が怒《いか》りにまかせて椅子《いす》を蹴《け》り倒《たお》すのを、瞑祥は冷ややかに見ていた。

「許さねぇ！　ガキもまとめて俺が殺す‼」

「どうぞお好きに。でも少し待ってもらうことになりそうです。殺す前に利用するつもりですので。……ああそれより、面白《おもしろ》いものが手に入りましたよ」

瞑祥はついと布袋《ぬのぶくろ》を卓子《たくし》の上に置いた。さほど大きくはないそれを、草洵は手にとった。

「ん？　結構重いな」

逆さに振《ふ》って出てきたのは、平たい小さな四角の石と、凝《こ》ったつくりの円環《えんかん》の一部だった。

「平たい石を裏返して見てください」

「？　……げっ、これ⁉」

　それは州牧印だった。いや、正確に表現するなら、印の一部だったのだ。四角い石は印章部分を壊《こわ》さないよう、できるだけ薄く表面だけを削《けず》りとったもの。

「ちなみにこちらの円環は佩玉《はいぎょく》の一部です。他の部分は今も捜《さが》させています」

　印と佩玉は州牧の権威《けんい》の証《あかし》。そしてあわよくば奪取《だっしゅ》せんと、茶家の者たちが虎視《こし》眈々《たんたん》、狙《ねら》っていた代物《しろもの》でもある。

「印を割るって……普通《ふつう》するか？　壊したらどうする気だ！」

「しかも印章は饅頭《まんじゅう》のなかに、佩玉は金の便器の飾《かざ》りとしてくっついてましたよ」

「………………は？」

「いかにもあの男らしい、人を小馬鹿《こばか》にした隠し場所だと思いませんか」

　なぜか瞑祥は、以前より浪燕青に対して憎々《にくにく》しげであった。

「……よくそんなの見つけたな……」

「ふん、まさか饅頭のなかまで一つ一つ割って見るとは思いもしなかったでしょう」

　おかげで金華へ流入する物品――特に食料品は売り物にならず、被害《ひがい》総額はふくらむ一方だったのだが、瞑祥たちはそんなことに頓着はしなかった。

「これさえあれば州牧など用済み。あとは連中がやって来るのを、この街で待つだけです」

「おう。……けど、本物の紅家の女はどこ行ったんだ。朔洵の嫁にすんだろ？」

「じき向こうからやってきますよ、この印と佩玉を受け取りにね。すでに手は打ってあります。

あとは朔洵様との初夜のためにいいお部屋を用意するくらいで」

草洵は唐突《とうとつ》に出されたすぐ下の弟の名に眉をひそめた。

「そーだ朔洵、あいつどこにいやがんだ？」

「〝殺刃賊《われわれ》〟と一緒《いっしょ》は怖《こわ》いとおっしゃるので、別のお邸《やしき》を用意させて頂きました」

「どこまで軟弱《なんじゃく》なんだあの野郎《やろう》は。――まあいい、それより瞑祥、個人的に話がある」

「なんでしょう」

「祖父様じゃなく俺につけよ。〝殺刃賊〟丸ごとな。見返りはたっぷり用意する」

瞑祥は薄く笑った。

「仲障様を排《はい》するおつもりで？」

「先の見えた年寄りが、いまさら権力握《にぎ》ってなんになる」

「それこそもう少しお待ちになれば。権力は自然と転がり込んでくるでしょうに」

「待てるなら、こんなこと持ち掛けるかよ。ああいうのは絶対しぶといんだ。断言するが、あと十年は生きるぜ。そんなに待てるわけがないだろ。どうだ？」

「将来性をはかって」

考えてみましょう――と瞑祥は笑みを深くした。

第四章　商業都市・金華

いるだけで異彩《いさい》を放つ者というのは、確かに存在する。

どんなに混雑していても彼を中心に円状の空白地帯ができ、立てば人目を集め、歩けばときおり旅芸人と間違えられて銭が投げられる。そして誰《だれ》もがまずたった一つのことを思うのだ。

（あのひと）

（うん、あの人絶対）

（あのヘンな格好やめたら美形だよね……）

しかし本人は周りの雑音などまるで意に介さない。なぜなら、あらゆる世事は彼にとって別世界と等しいからだ。いまだしっくりくる終《つい》の住処《すみか》が見つからないことは甚《はなは》だ遺憾《いかん》ではあったが、彼はつねに深山幽谷《ゆうこく》に庵《いおり》を結ぶ仙人《せんにん》のような生活を望み、俗世《ぞくせ》を離《はな》れ、風流を旨《むね》とし、暇《ひま》さえあれば旅をしてきたのである。市井《しせい》の者がいかに彼に対して興味関心を払《はら》おうとも、彼自身は興味を惹《ひ》かれるものしか視界に入れないので、たいした問題にはならなかった。

またその姿をひと目でも見た者は、「末は仙人」という、文字通り地に足のつかない彼の野望を知ると、内心ほぼ同じ言葉をつぶやいてしまうのだ。曰《いわ》く、

（こんな派手な格好しといて？　ていうかその耳飾《みみかざ》り一つで家建つじゃん！）

彼はまた唐突に笛を吹《ふ》いたりもした。風雅《ふうが》な横笛は風流な生活に欠かせないというのが彼の信条であった。しかしそれがまったくの下手くそで、実はこの横笛の未習得だけが彼にとって唯一《ゆいいつ》ともいえる欠点であったのだが、彼自身は、自分ときたらなんと腕《うで》がいいのだろうと半ば本気で信じているのだった。彼は本来、かなり高度な音楽的素養を積んでいるはずなのだが、不思議なことにおのれの奏《かな》でる笛の音だけは幻聴《げんちょう》となって耳に入ってくるようであった。

彼の兄の一人は、彼についてこう述べる。

『あれは真性の天才だけれど、真性の変人でもあってね……いわゆる紙一重《かみひとえ》？』

さて、今年十八歳になったばかりの彼は、この一年というもの、不本意ながらも世俗にずいぶん関《かか》わることになってしまったが、約束だったので仕方がない、それに収穫《しゅうかく》もあったと喜んでもいた。

生まれて初めて友人ができたのである。旅から旅の気ままな暮らしに戻るため、兄たちとの約束を果たしたあとは彼らと別れなくてはならなかったが、彼はこの友人たちさえ望むならば、一緒に旅をしてやってもいいとさえ思っていた。これは真性の変人であり、孤独《こどく》を愛し、大概《たいがい》やる気のない彼にとって破格ともいえる好意であった。実際彼はこの貴重な友人たち——年下の小さな少年の優しさを愛していたし、少女の怒鳴《どな》り声を心地《ここち》よいと感じていた。ことに少女の菜の才能には惚《ほ》れ込んで、自分専用の庖丁人《りょうりにん》になってくれと頼《たの》んだが、きっぱり断られた。あれは頼み方がまずかったのだと今では思う。

（ふっ……やはり『貧乏《びんぼう》でも平凡《へいぼん》な容姿でもなんら憂慮《ゆうりょ》すべきことはない。なぜなら君には素《す》晴《ば》らしい菜の腕がある。それさえあれば君は一人で雄々《おお》しく生きていける。だから私と一緒に行こうではないか』というべきだったな）

最後の二文の繋《つな》がりがまるでなかったが、そういうことを彼は気にしないのだった。

まあそんなわけで、周囲の注目を好き勝手に集めまくりながら、彼の心は躍《おど》っていた。なにしろ久方ぶりの友人との再会である。

そうして足どりも軽く、彼は金華《きんか》の街の門をくぐった。

彼への身体検査は、一切なされなかった。

・　・　・

「さあここが、金華だよ」

臨時の雇い主である琳千夜《りんせんや》は、勿体《もったい》をつけてそう言った。

隊商の荷馬車は検問とやらで別の城壁門《じょうへきもん》へと運ばれ、秀麗《しゅうれい》たちは真正面の大門をくぐった。今までと同じように、千夜の一行は木簡を見せるだけでほぼ無検査での通過が許された。

王都貴陽《きよう》の城下で育った秀麗は大概のことでは驚《おどろ》かない。見上げるような城門も、軒《のき》を連ねる商家も、貴陽と比べればたいしたものではなかった。ただし、首はひねった。

「……ここ、茶《さ》州一の商都なんですよね」

「そうだよ」

「なんか、おかしくありません？　なんでこんなに活気がないんですか」

貴陽と比べるまでもなく、あきらかにおかしな雰囲気《ふんいき》だった。商業の都なら、州都より威勢《いせい》のいい掛《か》け声が飛び交《か》うにぎやかな場所のはずだ。人通りは多いのに、彼らの顔は一様にどこか張りつめ、暗い。

千夜は溜息《ためいき》をついた。

「……まあ、少したてばわかるんじゃないかな。どうする？　約束の金華に着いたけれど、私の泊《と》まるところへくるかい？」

「いえ、色々と行くところがあるので。用事が終わったら暇乞《いとまご》いに伺《うかが》います。二胡《にこ》と甘露茶《かんろちゃ》、置いておいてください。どの辺のお宿です？」

「ここには我が家の別邸《べってい》があるから、宿ではないんだ。菊《きく》の邸といえば誰でも教えてくれると思うから」

「わかりました」

「香鈴《こうりん》」

はい、と振《ふ》り返った秀麗に、珍《めずら》しく、千夜は言をひるがえした。

「……いや、いい。私はこのままますぐ邸に行って、ずっとそこにいるから、いつでもおいで。……あんまり冷たくしないでくれると嬉《うれ》しいな」

「だって若様、謝らないんですもん」

「謝らないよ。私は別にやましいことはしてないから」

悪戯《いたずら》っぽく笑った千夜の姿に、秀麗は一年前を不意に思いだした。

同じように突然秀麗の唇《くちびる》に触《ふ》れて、同じようなことを口にした青年がいた。

『余は、悪いことをしたとは思ってない』

堂々と胸を張っていた。あまりに悪びれなかったので、秀麗はその後もごく普通《ふつう》に振る舞《ま》えたほどだ。あれは天然か、それとも秀麗の心を慮《おもんぱか》ってのことだったのか。

以前なら迷わず前者をとったが、今ではもう、真実がどちらかはわからない。

子供のような面があったけれど、同時に彼は聡明《そうめい》で大人だった――。

「香鈴？　何か別なことを考えているね」

「……色々と。じゃ、菊のお邸ですね。多分、今日中にはお伺いできると思いますから」

「うん。待っているよ」

にっこりと笑う千夜と別れ、秀麗は足早に往来を歩きはじめた。

そして、それが『彼』を見た最後となった。


「……な、なんかガラ悪いのが警邏《けいら》してんのね」

いかにも人相の悪い男たちが、兵装でそこらを闊歩《かっぽ》していた。兵装でなければ彼らこそ山賊《さんぞく》や盗賊《とうぞく》と間違《まち》えてもおかしくない凶悪《きょうあく》さだ。街の人々も目を合わせないようにうつむいて足早に歩いている。街を守るというよりは、街の雰囲気を悪くしているといったほうが正しいような気がした。

「しかもなんなのこの数。何か見張られてるみたいじゃないのよ」

ぶつぶつと呟《つぶや》きつつ、秀麗はようやく目当ての場所に着いた。

――金華全商連。そこは州境の砂恭とは比べものにならないほどの大きさと威容《いよう》を誇《ほこ》っていたが、やはり妙《みよう》だった。砂恭より出入りする人が少なく、あまりにも静かである。州都、琥璉の州支部と二分するほどの場所であるはずなのに。

何かおかしい。その違和《いわ》感がどうしても拭《ぬぐ》えず、秀麗は建物に入るのをやめた。

（……まず、情報を集めなくっちゃ。ここ――いいえ、この街全部、絶対おかしい）

くるりと踵《きびす》を返し、歩き始めた途端《とたん》、誰かにぶつかりそうになった。

「わっ、ご、ごめんなさい」

「おっとお嬢《じよう》さん、もしかして旅のかた？　金華は初めて？　全商連にお仕事探し？」

二十代半ばの、明るく人なつこそうな青年だった。秀麗はたてつづけの攻勢《こうせい》に思わず一歩あとじさったが、ふと彼の衣《きぬ》に目を留めた。――一見不思議な統一があるようだが、各地の民族服をそれっぽく組み合わせている。普通ではちょっと手に入らないものだ。

「……あなた、全商連に関係ある人？」

「あらら、よくおわかりで。そういうあなたは、特別な木簡をおもちで」

秀麗の言葉を待たず、青年は手を差しのべた。

「お待ちしておりました。おいでください」

「……全商連はそこでしょう？」

「あそこはもうとっくに盗賊の巣窟《そうくつ》なんです。入らないでいてくれて助かりました」

はっとする秀麗に、青年は困ったように笑った。

「くるもこないも、自由です。あなたが望むなら手助けをするというお約束なんで」

「……私の紋印《もんいん》は、何色？」

「夜光性の七色、でしょう」

全商連と紅本家しか知らない決まり事だ。商人の口が堅いことを、秀麗はよく知っている。

全商連認定《にんてい》商人ならなおさら機密性は高い。

「一緒《いっしょ》に行きます」

●　❋　●　❋　●

「こ、この街全体が〝殺刃賊《さつじんぞく》〟の支配下に置かれてる⁉」

告げられた事実に秀麗は唖然《あぜん》とした。

連れていかれたのは、大きな邸《やしき》だった。その最奥《さいおう》の室に、砂恭の区長とよく似た雰囲気をもつ人物が待っていた。大商人とわかる威風《いふう》に満ちて、思わず一歩さがりたくなるような堂々とした男だった。秀麗は彼が全商連金華特区の長であろうと当たりをつけた。

「……数ヶ月前、突然《とつぜん》〝殺刃賊〟が大挙して押し寄せてきたのです」

遊佐《ゆさ》と名乗った壮年《そうねん》の男は、そう告げて溜息をついた。室には、彼と秀麗、そして秀麗をここまで連れてきてくれた人なつこい青年だけが残った。

「彼らは巧妙《こうみょう》だった。街に押し入っても、何一つ略奪《りゃくだつ》をしなかった。頭領を名乗る瞑祥という男は、自分たちを受け入れれば街の者には手を出さないと申し出てきたんです」

「金華太守はその要求を受けたんですか」

「ええ、彼は人命を優先しました。そして確かに〝殺刃賊〟は金華内では人々に危害を加えたりはしなかった。けれど常に街なかを闊歩することで、人々の心に恐怖《きょうふ》を植えつけ、抵抗《ていこう》する気力を奪《うば》ったのです。略奪をされれば、人々の怒《いか》りに火がつく。けれどじっとしていさえすれば何もされないのなら——わざわざ抵抗しようとは思わない。そして少しずつ街を侵食《しんしょく》していきました。太守を幽閉《ゆうへい》し、手下に警邏兵をさせ——そして背後に茶家がいることを匂《にお》わせ」

「茶家……」

「彼らは決して無茶な支配はしなかった。けれど確実に権を握《にぎ》っていく様を見せつけることで、金華の民にじわじわと精神的圧力をかけた。もともとこの茶州は茶家の力が強い。背後に茶家がいるならと、次々と商家は協力体制をとった。表向きは、全商連も」

秀麗は非難しなかった。その心を読んだかのように遊佐は笑った。

「そうです、我らは商人。常に計算をし、損得をはかる。事と次第《しだい》では誰《だれ》の味方にもなる。それは我らに染《し》みついたやり方なのです。瞑祥という男がそこまで見抜《みぬ》いて金華《ここ》を拠点《きょてん》に選んだとしたら――頭がいいと認めざるを得ませんね」

　ただし、と遊佐はわずかに声を変えた。

「全商連は、ただの商人ではありません。どこにも属さず、どんな因習にも縛《しば》られない。それが信条です。たとえ百年同じ地に在りつづけて商売をしたとしても、風が変わればいつでも荷物をまとめて新しい商売をしに出て行く」

　ここが正念場だと、秀麗は肚《はら》に力をこめた。

「条件をおっしゃってください。どうすれば全商連お抱えの傭兵を動かしてくださるのか」

　遊佐の顔つきが取引相手に対するものに変貌《へんぼう》する。

「では――あなたの手持ちの札を明かしてください。我らは商人、お手持ちの札と、我らの条件を鑑《かんが》みて、八割の勝率を見込めれば、あなたがたの力となりましょう」

　駆《か》け引《ひ》きに長《た》けた大商人を相手に、今の秀麗が心理戦を行えるわけもなかった。下手な小細工をしても見抜かれるだろう。だが慎重《しんちょう》な商人ほど口にした言葉は守る。

　すべてをさらけだして彼の判断を仰《あお》ぐ他《ほか》はなかった。

『忘れんなよ姫《ひめ》さん――』

　燕青《えんせい》の声が脳裏《のうり》に響《ひび》く。彼ら全商連が相手にしているのは紅秀麗ではなく、紅州牧だ。

「近いうちに、新州牧補佐《ほさ》の浪《ろう》燕青と州牧付きの武官が着くでしょう。現在あちこちで〝殺刃賊〟狩《が》りで名をあげてる二人組がそうです。武官のほうは陛下から賜《たまわ》った宝剣《ほうけん》があり、その権力は州将軍をしのぎます。つまりは……彼一人で単独の捕縛《ほばく》連行権をもっています」

ぴくり、と遊佐の眉《まゆ》が動いた。

「その剣は、今も武官殿《どの》がお持ちに？　よく関塞《かんさい》で取り上げられなかったものですね」

「いいえ。剣はこの金華に先に着いている…はずです。まだ確かめに行ってないんですが」

「まさか、商品として？　それならばとっくに〝殺刃賊〟の手に」

「いいえ、違います。結構、盲点《もうてん》だと思うので、大丈夫《だいじょうぶ》なんじゃないかと。あと州牧印と佩玉《はいぎょく》もこの金華で受けとる予定です。それがあれば」

遊佐はゆるく首を振《ふ》った。

「残念ながら、我らの情報網《じょうほうもう》によれば、それらはすでに〝殺刃賊〟が手にしているようです」

「ああ、それは絶対にありえません。贋物《にせもの》です」

きっぱり断言した秀麗に、遊佐の方が驚《おどろ》いた。

「……なぜ、贋物と？」

「王都を出立する際、私たちはいくつか贋物をつくって商品として紛《まぎ》れ込ませていたんです。どうせ荷物検査をされるでしょうから。それらは囮用《おとり》ですが、国宝級の腕前《うでまえ》の細工師に頼《たの》んだので、そうそう見破られはしないでしょう。もともと本物のほうは商品としては金華に入ってこないんです。もし荷物検査ですでに見つかっているというなら、それは絶対贋物です」

「で、ではどうやって？」

はったり半分のたたみかけもここまでだ。秀麗はひとさし指の爪先《つまさき》でこめかみをかいた。

「えー……実は、まだわかりません」

「……は？」

「とある人物に方法は一任したので、私も杜州牧も知りません。ただ、その方の話では『同時期に金華に着くだろう。何も知らなくても、そなたなら一目でわかって、しかも誰にも奪えない絶対確実なところへ預ける』そうなので……」

さすがに遊佐は絶句した。

「あなたのお身内には、どうも通常の感覚では考えられない大胆《だいたん》な賭《かけ》がお好きなかたがいらっしゃるようですね。我々ならばそんな無謀《むぼう》で適当な方法は考えつきもしませんが。……もしや発案者は浪前州牧ですか？」

やはりこちらの人々の感覚でも、「無謀」や「適当」という単語と浪燕青とは密接な関係にあるんだな、などと妙に納得《なっとく》しながら、秀麗はかぶりを振った。

「いいえ、その——国王陛下なんです」

沈黙《ちんもく》が落ちた。

遊佐は今叩《たた》き込まれた発言の衝撃《しょうげき》から、軽く咳払《せきばら》いすることで立ち直ろうとした。

「陛下直々のご采配《さいはい》？」

「はい。だから信じていいと思います」

するりとその言葉が口から出た。彩雲国の国主だから、というのとは違《ちが》う。劉輝だから信じても大丈夫。そんなふうにごく自然に考えられる自分に、笑う。

「今日中に私、州牧印と佩玉は必ず見つけだします。あともう一人の州牧も、じきに金華に到《とう》着《ちゃく》するでしょう。それから最後の札は——紅家の家名です」

遊佐は顔つきを改めた。

「あなたのために紅本家が支払った対価を見れば、それが切り札であることは我々も認めましょう。ではあなたは、その名をどう使うおつもりですか」

ぐっと秀麗は唇《くちびる》をひきしめた。

「州牧は……一人いれば充分《じゅうぶん》その任につけましょう。実際、杜州牧はわずか十三ですが、他のどの官吏《かんり》よりも有能です。たとえ私がいなくても、立派に勤めを果たせます。今回の人事で異例に二人の州牧を茶州に派遣《はけん》したのは、そういった意味もあると考えています。仮にどちらかが欠けても、補える存在であること」

「つまり——？」

「はい。万一の時は、私の命をもって取り引きします。私が背負う家名は、この茶州では命を失うことで初めて最大の効力を発揮する。なぜなら、茶家は紅家直系の長姫《ちょうき》を殺せない。自らに跳《は》ね返るものがあまりに大きすぎるからです。だからこそ、私の命には取り引きの価値がある。——これでは、駄目《だめ》ですか」

先ほどとは異なる種類の静寂《せいじゃく》が落ちた。ややあって、遊佐は静かに口をひらいた。

「最後の札には確証がない。紅一族の出方は、そのときになってみないとわからない。ですが、その心意気は評価します。きちんと札は見せて頂きました。私どもの条件を申しましょう。金華の街から〝殺刃賊《さつじんぞく》〟を一掃《いっそう》すること、幽閉されている金華太守を解放すること。この二つを条件として——と言いたいですが、少しまけましょう。頭領及《およ》び、少なくとも幹部級を片づけることができたら、私どもの精兵を送り込むとお約束します」

　賊の根城は金華城だと告げて、遊佐はじっと秀麗の瞳《ひとみ》を見つめた。

「私どもは浪前州牧をよく存じ上げております。いくらあなた方が優秀《ゆうしゅう》でも、彼がこの十年で為《な》したことを超《こ》えようとするのは並大抵《なみたいてい》のことではありません。厳しいことを申しますが、私があなたを州牧と認めてお話ししているのは、あなたが浪前州牧の上官だからに過ぎません」

　秀麗は黙《だま》って彼の話に耳を傾《かたむ》けた。

「人々に希望を与《あた》える、それはとても難しいことです。あなたがたが今から為すことは、彼が為したことより遥《はる》かに容易なことのはずです。かつて誰もが茶一族の横暴にあきらめていたとき、現れた十七歳の少年は、たった一人で黙々《もくもく》と凍土《とうど》を耕しました。そして十年かかって、彼は地の底に埋《う》もれていた希望を掘《ほ》り起こした。その大地に種を蒔《ま》き、青菜を育てるのがあなたがたの役目です。茶州の民《たみ》は信じたい。この期待を裏切らないでいただけますね？」

「——はい」

　心をこめて、秀麗は頷《うなず》いた。遊佐は初めて優《やさ》しい笑みを向けた。

「私の話は終わりです。今夜のお宿はこちらで手配いたしましょうか、紅州牧殿」

「あ、いえ。実は私、琳家のご子息のお屋敷《やしき》に泊《と》めていただくことになっているので」

　その一瞬《いっしゅん》で、遊佐の表情が凍《こお》りついた。それまでずっと側《そば》に控《ひか》えていた、ここへ秀麗を連れてきてくれたあの人なつこい青年が、言葉を失った遊佐のかわりに硬い表情で告げた。

「琳家は数日前、〝殺刃賊〟に一家惨殺《ざんさつ》されて、生存者は……おりません」

「それは……」

それはどういうこと？

それは……どういうこと……？


秀麗は金華の街に飛び出した。

三日前に惨殺された琳家——そしてさっき再会を約束して別れたばかりの琳千夜。

これはどういう符合《ふごう》？　どこかで何かを見落としているような、急がなければ全《すべ》てが手遅《ておく》れになるような、そんなどす黒い予感が胸を覆《おお》って、息をするのも苦しくなる。

とにかく一刻も早く、州牧印と佩玉の在処《ありか》を捜《さが》さねばならなかった。

（もうもうもう！　『一目でわかって、しかも誰《だれ》にも奪《うば》えない絶対確実なところ』って一体どこなのよっ、もっと具体的に教えときなさいってのよっ、あのバカ——っ!!）

ついさっき『信じていいと思います』などと言ったくせに、秀麗は散々劉輝《りゆうき》を罵倒《ばとう》しまくりながら走った。

しかしまったく唐突《とうとつ》にそれは現れた。人混みの中に妙《みよう》にぽっかりと不自然な空間。

その中心に立っていたのは、数ヶ月ぶりに会うというのに、忘れようにも忘れられない強烈《きようれつ》すぎる男の姿であった。

（あ、あれか――――っっっ）

そう、確かに一目で秀麗はわかった。

「藍《らん》、龍《りゅう》、蓮《れん》――――っ!!」

今春、十八歳で榜眼及第《ぼうげんきゅうだい》した藍家の子息であり、及第したくせに進士式をすっぽかしたという空前絶後の大馬鹿者《おおばかもの》。ちなみに秀麗がいつもお世話になっている藍楸瑛《しゅうえい》の実弟に当たる。

相変わらずどこの舞台衣裳《ぶたいいしょう》かというド派手な格好をして、下手くそな笛を吹《ふ》いて歩いていた男は、ふと顔を上げた。

「やあ、我が心の友・其《そ》の一ではないか」

花がほころぶような笑《え》みを向けられて、秀麗は一瞬毒気を抜《ぬ》かれてしまう。だがここで丸め込まれてはいけない。頭ひとつ分は高い相手の胸《むな》ぐらをがっしと摑《つか》んで秀麗は叫《さけ》んだ。

「誰があんたの心の友よっ、春でもないのに頭に花咲《さ》かせてんじゃないわよ!!」

「む、それはよいな。今度は美しい花を髪《かみ》に挿《さ》してみよう。きっと風流であるぞ」

「ばかっっ。いいからあんた、とっとと出すもん出しなさい！」

余裕《よゆう》のない秀麗にがたがたと揺《ゆ》らされて、龍蓮は不愉快《ふゆかい》そうに眉《まゆ》をひそめた。

「……私は心の友に会えて胸躍《おど》っているというのに、なぜ君は怒《おこ》る」

「あんたみたいに暇《ひま》じゃないっつーのよ!!」

「君の怒《いか》りは愛情表現の一種であるとうちの愚兄《ぐけい》も言っていたな。……ふ、私としたことが無粋《ぶすい》なことを訊《き》いたものだ」

秀麗はもはや会話をあきらめた。おもむろに龍蓮の服をはぎにかかる。

「む、嫁入《よめい》り前の良家の姫君《ひめぎみ》が、そんなはしたないことをするものではないぞ。ああ、さてはこれを探しているな」

パッと顔を輝《かがや》かせた秀麗の前に差しだされたものは、なぜか、梨《なし》。

「……何これ」

「見るからに梨だな。君は腹《の》が減っているのであろう？」

頭の上にちょんと梨を載せられ、秀麗はわき上がる怒りにふるふると震《ふる》えた。梨がころりと落っこちて、石畳《いしだたみ》の上を転げてゆく。

「——ねえ、何であんたが榜眼及第なわけ。なんで私あんたに負けたわけ。他《ほか》の誰に抜かれようが、あんたに抜かれたことだけはいまだに全然納得できないわ！」

「ふ……その悔《くや》しさがいずれ貴重な人生の糧《かて》となり、君は大空へ羽ばたくのだ」

「私は、今、す、ぐ、あんたに羽ばたいてってほしいわ」

確かに藍龍蓮は絶対安全な人間金庫だ。おそらくは燕青などよりも遥かに。王紋《おうもん》に次ぐ威力《いりょく》の藍家直紋〝双龍蓮泉《そうりゅうれんせん》〟の木簡があれば、どこの関塞《かんさい》も無検査で素通《すどお》り。そしてこの変人ぶりと無意味な派手さ。厳重に隠《かく》すべき印と佩玉《はいぎょく》を、まさかこんな歩く看板のような悪目立ち男がもってくるなど、誰も思わないだろう。しかもこの男、おバカな外見に反して腕《うで》っぷしはやたらと強い…らしい。

「あれは風流を愛するがゆえにとことん武術も学んだから……」

兄である藍楸瑛の言は一聞《いちぶん》すると意味不明だが、龍蓮の頭の中でのみ厳密に以下のような繋《つな》がりをもつらしい。「風流→自然の美を愛する→自然は美しいだけでなく強い→自らもそう在るべし→心身ともに強く美しく→てっとりばやく武術の鍛錬《たんれん》」。そうして肉体美の追求も兼《か》ねて鍛《きた》えているうちにアラ不思議、何だかびっくりするくらい強くなっていたという。

本気で武術を極《きわ》めようとしている人間が聞いたら、殴《なぐ》りかかりたくなるような経緯《いきさつ》だが、実際カモネギ風衣裳――身につけている物を売り払《はら》えばちょっとした離宮《りきゅう》くらいは建つ――で固めていても、いまだ盗賊《とうぞく》や追いはぎの被害《ひがい》に遭《あ》ったことがないという。まあ、まずまともな賊ならその格好を見た時点で、怪《あや》しすぎて近寄らないだろうと秀麗は思うのだが、近寄っても返り討《う》ちにされるくらいには強いのだと藍将軍から聞いたことがある。

(なるほど厳重よ。確かに目の付け所は間違ってないわよ。でもねぇ)

厳重すぎて、受けとるべき人間にも開けられない金庫なのだ。泣きたい。

秀麗は国試の折を思い返して、気を落ち着けた。

「ね、龍蓮、あなたどうしてここにきたの」

「心の友に会うために決まっているではないか」

「……う、嬉しいわ。何か、おみやげあるかしら？」

みやげか、とひとりごちて龍蓮は形のいい眉を寄せた。まともな格好をすれば別の意味で誰もが振《ふ》り返るのに。つくづく素材の活用法を間違《まちが》えている男である。

「州牧の印と佩玉をみやげにしたらどうだと言われて、もってきたのだった」

ぐっと秀麗はこらえた。――まだだ。こうなったら龍蓮にも手伝ってもらおう。

「ね、龍蓮、実は影月《えいげつ》くんもここにくるのよ」

「知っている。金華城に連れていかれていたから、跡を追おうと思っていたところだ」

あっさり頷かれて秀麗は仰天《ぎょうてん》した。……金華城!?

「つ、連れてかれたの？　あの城に!?」

「盗賊の根城にわざわざ乗りこむとは、根性《こんじょう》がある奴だと感心してな」

「ば……っ」

馬鹿と罵倒しかけて、秀麗はその言葉をぐっと呑《の》みこんだ。龍蓮はただの馬鹿ではない。天才が紙一重《かみひとえ》の向こう側に転げ落ちた類《たぐい》の珍種なのだ。現に龍蓮は、莫大《ばくだい》な情報量と千里眼のような広大な視野、得たものすべてを瞬時《しゅんじ》に体系だてる頭脳を持っている。しかし悲しいかな、情報の選《え》り分け方と優先順位がまるっきり人と違《ちが》う。つまり全く常識が通用しないのである。

「……危険性はどれくらい」

「ほぼ九割九分九厘《りん》で殺害されるな」

「助けられる？」

「浪燕青と茈《し》静蘭もほぼ同時に金華城に向かっていると見た。私もせっかくできた心の友を失いたくない。九割九分九厘の確率で救出可能だ。多少の怪我《けが》は負う可能性はあるがな」

「お城に行く前に、質屋《しちや》に寄ってくれる？」

「ああ、茈静蘭の宝剣《ほうけん》か。あれは確かに役に立つ」

静蘭が劉輝から拝受した宝剣〝干将《かんしょう》〟は、紫州で質に入れ、移動をかけたのだ。先にある程度の置き料を入れておけば誰かに売られることも、店頭に並ぶこともない。すると商品の枠《わく》からはずれるため、中古や古物とも違う扱《あつか》いとなり、茶州に流れ込む際も茶州の検査の眼がゆるむ。質屋にしてみれば、国宝級の剣は値がつけられないため、預かることを泣いていやがったが、そこはむりやり押し切った。

「あなたがもってきてくれたおみやげ、影月くんに渡《わた》してあげてね」

「――失いたくない心の友は、二人ほどいるのだが」

「あの男は菊の邸で、私を待っていると言ったのよ。だから行くのは私しかいないわ。行きたくなくなるのは嫌《いや》だから、危険性は訊《き》かない」

龍蓮は思わず見惚《みと》れるような笑みを刷《は》いて、ぽん、と秀麗の頭を撫《な》でた。

「人の心までは誰も測《はか》れない。心のままの行動も予測は難しい。運は自らの行いで引き寄せられるものなのだ」

「……もっとわかりやすく言ってちょうだい」

「私は多分、明日には君の菜《りょうり》を食べられるだろうということだ。確率は言わない。たった一人で良くここまできたな。印も佩玉もちゃんと届けるから心配するな。君のその勇気に敬意を」

時折龍蓮は普通《ふつう》の青年のように見えることがある。龍蓮の頭は良すぎて、秀麗には彼が変人のふりをしているのか真性の変人なのか本当のところはわからない。

秀麗は、龍蓮の衣《きぬ》を摑んだまま、キッと顔を上げた。

「最後に訊くわ。私がここまで一緒《いっしょ》に来た人は誰？」

「琳家の者ではないな。三日前にはほぼ全員殺されているし、琳家の生き残りには隊商を動かせる年齢《ねんれい》の男子はいない」

「じゃあ、あれは」

「何もかもわかっている男だ」

「琳家を惨殺《ざんさつ》させたのも？」

龍蓮はわずかの躊躇《ちゅうちょ》もしなかった。

「君はもう、その答えを知っているはずだ。その正解率は十割」

秀麗は泣き笑いのような表情を浮《う》かべた。

「あんた正直すぎるわよ。——わかった。じゃ、行くわ」

秀麗は菊《きく》の邸《やしき》に向けて駆《か》けだした。


「——よくも騙《だま》してくれたたな」

茶《さ》草洵《そうじゅん》は大槍《おおやり》を振り回した。うなりを上げるその円に少しでも引っかかれば、影月の首など簡単に飛ぶだろう。

金華城の庭院《にわ》に、影月と香鈴は縛《しば》られて転がされていた。五十人からの〝殺刃賊《さつじんぞく》〟が周りを囲んでいる。その中央に立つ瞑祥は、倒れたままの二人に気の毒そうな顔をしてみせた。

「本当は、ニセモノでも最後まで生かしておいてあげるはずだったんですがね。雇《やと》い主の気が途中《とちゅう》で変わってしまいまして。運が悪かったとあきらめてください。浪燕青たちがくるまでは人質として利用させていただきますが」

草洵は、槍を片手に訝《いぶか》しげに瞑祥《めいしょう》を振り返った。

「……なんだ、今の言葉。ハナからこの小娘《こむすめ》がニセってわかってたってことか？」

くつくつと瞑祥は笑った。

「その通り。我々の主は崔里関塞《かんさい》の時点ですでにご存知だった」

「……お前の本当の雇い主《あるじ》は誰《だれ》だ」

「単純な割に鼻がきく。――いいえ、雇い主は確かにあなたのお祖父様《じいさま》、仲障様《ちゅうしょう》ですよ。ただ我々はその前に、あるお方の指示で仲障様に協力を申し上げに行った次第《しだい》で。……草洵様はこのあいだ、将来性を比べて自分につけとおっしゃいましたが」

草洵は大槍を影月にではなく、瞑祥に向けた。

「あいにくと、あなたとあの方では、比ぶべくもありません」

「……誰だよそいつは」

その問いに、瞑祥は答えなかった。

「実はこの子供たちよりさらに運の悪い人物がいらっしゃいましてね」

〝殺刃賊〟たちの得物が、一斉《いっせい》に草洵へと向く。に、と瞑祥は口の端《はし》をつりあげた。

「欲しいものができたので、あなたに死んでほしいそうです」

「……野郎《やろう》、克洵か⁉　望みは茶家当主か、あのクソガキが‼」

草洵は大槍をふるった。――不意をつかれた数人があっけなく胴体《どうたい》を両断された。

影月は反射的に香鈴の前に転がり、視界を遮《さえぎ》った。

「目をつぶって！」

香鈴はいわれるまでもなく固く目を閉じた。

武力自慢なだけあって草洵は強かった。大槍を使って〝殺刃賊〟たちを薙《な》いだ。だが多勢に無勢、草洵の不利は明白だった。

獣《けもの》のようなうなり声と低い悲鳴、鉄の打ち合わさる音と血しぶきが入り乱れる。しかしそれも長くは続かず、やがて草洵の首が重い音と共に飛んだ。

足もとへ転がってきた首を、瞑祥は忌々《いまいま》しげに蹴飛《けと》ばした。

「……ちっ、意外に手こずったな」

十人は道連れにされた。多くて五、六人と踏んでいたのだが。

そのとき、門をくぐって二人の青年が姿を現した。

「おい瞑祥、ここはてめぇの遊び場じゃねんだよ」

血臭に眉《まゆ》をひそめつつ、燕青が棍《こん》を構えた。横目で見覚えのある首なし死体を見る。

「草洵を殺りや《や》がったな……てことは、雇い主は仲障のじいさんじゃねぇってことか」

「まったく、絶妙《ぜつみょう》の頃合《ころあ》いで現れたな。さて〝小棍王〟、まずは得物を捨ててもらおうか。おっと〝小旋風《しょうせんぷう》〟、お前はそのままでいい。久しぶりに美しい剣技を見せて貰《もら》いたいからな」

燕青と静蘭は顔を見合わせた。ややあって、燕青はいとも簡単に棍を投げ捨てた。

「え、燕青さん」

うろたえる影月に、燕青は片目をつぶってみせた。

「心配すんなって。俺はお前の副官で、補佐《ほさ》なんだぞ。お前を助けるのは当たり前だ。なあ影月、助けないでいいなんて、まさか言わねーよな？」

「……言えません」

「満点の答えだ。ちゃーんと香鈴嬢《じょう》ちゃん守れよ」

にかっと燕青が笑う。瞑祥はつまらなそうに鼻を鳴らした。

「馬鹿《ばか》め。〝小棍王〟のお前が棍なしで勝てるものか」

静蘭は片手で剣を抜《ぬ》きつつ、大きく息をついた。

「……馬鹿はお前だ、瞑祥。お前は燕青のことを何もわかってない。最悪の選択《せんたく》をしたことにも気づかないのか」

まるで飼い犬に手を噛まれたかのごとく、瞑祥は不愉快《ふゆかい》そうな表情を浮かべた。

「ふむ……もういちどしつけが必要なようだな、〝小旋風〟」

静蘭は瞑祥を前にしても、もはや微塵も揺らがなかった。

「やれるものならやってみろ」

瞑祥の無言の合図で、〝殺刃賊〟が襲《おそ》いかかった。真っ先に殺せと命じておいた燕青の首が飛ぶのを想像し、瞑祥は笑った。しかし――吹《ふ》っ飛ばされたのは四方から躍《おど》りかかった彼の手下のほうだった。

「なに…っ」

瞑祥の驚きように、静蘭は冷ややかに笑った。

「こいつの得意は格闘《かくとう》――つまりは専門は素手《すで》だ。知らなかったのか？　燕青が棍をもつのはいいいいいいいいいい、生身より手加減してやれるからだ。そんな相手に棍を捨てろとは自殺行為《こうい》だったな、瞑祥」

「おお、褒《ほ》めてくれてありがとさん」

「動物はそもそも道具なんか使わないからな」

「……こめつきバッタよりは上になったみたいだからいいか……」

軽口を叩きながらも、燕青は賊を次々と一撃で気絶させてゆく。

しかし瞑祥の判断も早かった。すぐさま影月たちの喉元《のどもと》に剣を突《つ》きつけた。

「予定変更《へんこう》だ。こいつらを殺されたくなかったら一歩も動く」

な、と言いかけた瞑祥は頬《ほお》に衝撃《しょうげき》を受け、一瞬《いっしゅん》後には石畳《いしだたみ》に叩《たた》きつけられた。

静蘭と燕青は予定外の闖入者《ちんにゅうしゃ》の方へ視線を走らせ、同時にぎょっと目を剝《む》いた。なんだか知らんが物凄《ものすご》い派手な格好である。

ただ一人顔見知りだった影月も、遅《おく》れてやって来た新規参入者の姿を啞然《あぜん》として見上げた。

「え……龍蓮さん？　なんでここに…って、ああっもしかして！」

すぐに影月も印と佩玉《はいぎょく》のことが頭に浮かんだが、龍蓮は大真面目《おおまじめ》に頷《うなず》いて言った。

「そうだ、心の友・其《そ》の二を助けにきた」

「……ありがとうございます」

すばやく影月と香鈴の縄《なわ》を切ると、龍蓮はいきなり影月に足払いをかけてひっくり返した。

へ？ と影月が目を丸くした瞬間、口に何かが突っ込まれる。流し込まれた喉を灼《や》く液体の正体を知ったときにはすでに遅く影月は小瓶の酒をすっかり飲み干していた。

影月は目を回してぶっ倒れた。香鈴はあまりの事態に動転して、半泣きで前後不覚の少年を抱《かか》え起こした。

「あ、あなた何をなさるんですの⁉」

しかし龍蓮の耳にはそんな声は入っていないようだった。ふらりと視線を巡《めぐ》らし、まるで手玉でも投げるように質《しち》から出してきたばかりの剣《けん》を放《ほう》った。

静蘭は投げつけられた宝剣を慌《あわ》てて受けとめた。

「君、なぜこれを！」

「もう一人の心の友に頼《たの》まれたのだ。早くカタをつけてくれ。秀麗が危ない、」

かもしれない——と龍蓮は続けようとしたのだが、秀麗の名に、静蘭は電光石火の速さで鞘《さや》を抜き払《はら》うと、一足飛びに瞑祥へ飛んだ。

静蘭はためらわず剣を振《ふ》り下ろした。瞑祥はかろうじてそれを避《よ》けると、跳《は》ね起きた。

「愚《おろ》かな〝小旋風〟、お前が私に勝てるとでも？」

静蘭はその言葉を綺麗《きれい》に無視した。ただ一言、背後に立つかつての相棒に告げた。

「燕青、いいか」

「いいよ。俺は晁蓋《ちょうがい》もらったから。好きにしろ」

　その瞬間、瞑祥の両手両足が一閃《いっせん》で斬《き》り飛ばされた。小さくなった瞑祥の身体《からだ》が、血しぶきを振りまいて壁《かべ》に叩きつけられる。

「かはっ……馬鹿な」

　雲霞《うんか》のようにふりかかってくる雑魚《ざこ》を殴《なぐ》りとばしつつ、燕青は苦く笑った。

「馬鹿はお前だと言っただろ、瞑祥。十四年前、あの場にいなかったお前は知らなくてもしょうがねぇけどな、あんとき晁蓋の〝殺刃賊《さつじんぞく》〟をツブしたのは俺と静蘭の二人だったんだぜ。どうしてお前ごときがコイツに勝てると思うんだ」

「ぐ……っ」

　血の塊《かたまり》をごぼりとはき出して、荒《あら》い息の下、それでも瞑祥は不敵に笑った。

「お……お互《たが》い……茶番なんだよ〝小旋風〟、〝小棍王〟。……晁蓋のお頭《かしら》も、私も……〝殺刃賊〟ですら……所詮《しょせん》は、あの方の遊び道具なんだよ…っ。は…っ、最初は使いやすい財布《さいふ》のつもりで利用して……ほんとはこっちが……、だったのさ……。あの、怖ろしく頭の切れる……の…」

「なにを――」

　体中の血を失って、瞑祥はそれでも喋《しゃべ》るのを止《や》めなかった。

「は……これまで、ずっ…と権力に執着《しゅうちゃく》しなかったから……誰も、気づかなかった…っ。だが、今は違《ちが》う、兄を…殺せ、と言ったんだ。欲しいものが、できた、茶家当主の座をもらうと……はは……茶州はいずれ、あの男の玩具《おもちゃ》…に……——」

急速に語尾《ごび》が消える。瞑祥の事切れるさまを見届けた燕青と静蘭は、わずかに青ざめた顔を見合わせた。

「——行けばいいだろう。こいつらは適当になんとかしといてやる」

声につられて顔を上げると、顔つきの違う影月が、酒の匂《にお》いをまき散らしつつ立っていた。見れば龍蓮も、手にした鉄笛でいかにもやる気なさそうに逃《に》げる賊をのしている。最初に瞑祥を吹っ飛ばしたこの鉄笛、下手な演奏の道具のほかに、こういった役割もあったのである。

「こういった世俗《せぞく》のことにはあまり関《かか》わらぬようにしていたが、心の友との約束だからな。一度引き受けたことは最後までやり通さねばならぬ。事後処理も、私が責任を持ってこの暴れん坊影月を連れていくから大丈夫《だいじょうぶ》だ。行け」

その瞬間、静蘭と燕青は駆《か》けだした。

「……影月じゃない、オレは陽月《ようげつ》だ」

頭目を呆気《あつけ》なくやられて蜘蛛《くも》の子を散らすように逃げだそうとしていた賊のひとりの襟首《えりくび》を摑《つか》むと、ためらいなく殴り飛ばしながら、『陽月』はぼやいた。

「ったく影月に付き合うと、とんだお人好《ひとよ》しを演じるハメになるぜ、くそったれ！」

「ちっくしょう！　忘れてたぜ鴛洵じーちゃん!!」

　街なかを走りながら、燕青はぎりぎりと歯ぎしりした。十四年前、〝殺刃賊〟を壊滅《かいめつ》させた際――その依頼主《いらいぬし》であった鴛洵が一瞬だけかいま見せた表情《かお》を思いだす。

『本当に、これで終わったのだろうか……』

　気をつけろ、と。州牧就任の際もそう案じていた。そして何かを言いかけ、やめた。

「ばっかやろう、ちゃんと言っときゃ良かったんだよ鴛洵じーちゃん！　俺は州牧だったんだぜ。何で『あいつ、取り柄《え》は顔だけじゃないかも』くらいボヤいとかなかったんだ！　ぜんっぜん気づかなかったぞ！」

「お前に言ってもムダだと思ったんじゃないか」

「どうせ馬鹿だよ俺は！　こめつきバッタ以下！」

「まったくだ」

　燕青の隣《となり》を併走《へいそう》しながら、静蘭はわざと本音とは逆のことを口にした。天才的な人間観察力をもつ燕青にも、宮廷《きゅうてい》で人一倍嗅覚《きゅうかく》を鍛《きた》えられていたはずの自分にさえ、その黒い心を悟《さと》らせなかった。『顔の綺麗なだけの放蕩息子《ほうとうむすこ》』をみごとなまでに演じ続けていた男。

「――朔洵!!　ちくしょう、何考えてやがる――――！」

　それは、茶本家次男の名であった。

確かに誰《だれ》に聞いてもすぐに教えてもらえた。

なぜなら「菊の邸」は、金華でもっとも有名な邸だったからだ。

秀麗は金華で最高の造りと広大な敷地《しきち》をもつ邸の門前で足を止めた。通称《つうしょう》が「菊」だというのに、なぜかそこだけ新しくされた門扉《もんぴ》に彫《ほ》られているのは、菊とは違う紋印だった。そう、それはどんな大商人といえど使うことを許されない、茶家直紋〝孔雀繚乱《くじゃくりょうらん》〟——。

「——やあ、よくきたね」

奥の室で待っていたのは、もう秀麗の知らない青年だった。

優艶《ゆうえん》な美貌《びぼう》も、しなやかな仕草も、その声も、秀麗には覚えがある。けれど、彼はもう秀麗の知る人物ではない。

「……お約束通り、暇乞《いとまご》いに参りました」

彼は少し笑うと、ゆったりと近づいてきた。ついと手を伸ばし、秀麗の顎《あご》を上向ける。

「怖《こわ》い顔をしているね。冷たくしないでほしいなって言ったのに」

あでやかな微笑は、どこか『千夜』のものとは違うように思えた。

「私は、琳千夜という名を少しも疑わなかった自分の馬鹿さ加減に辟易《へきえき》しています。全商連の紹介ならと——私は、調べもせず」

自然と声が硬《かた》くなる。千夜だった男は軽《かろ》やかに笑った。

「それは仕方ない。琳家は子だくさんでね、有名なのは大商人のご当主だけなんだ。大変真面目で信頼《しんらい》も厚い好人物だから、琳家の正式な紹介状《しょうかいじょう》さえあれば誰も疑わない。琳家に千夜という息子はいないけど、そんなことすら知っている者は少ない。別にばれても構わなかったから適当に考えたんだが、実は気にいっているんだよ。千夜というのは私の名に通じるからね。千の夜――朔《さく》の闇夜《やみよ》に生まれた私には、なかなかぴったりな名だと思わないかい。ねえ香鈴、約束したね。雇《やと》い主として、金華に着いたら君の口から本名を教えてほしいと」

秀麗は挑《いど》むように目の前の男を睨《にら》みつけた。

「教えたら、あなたも本当の名を教えてくださいますか」

「おや、では私から教えよう。君の婚約者《こんやくしゃ》の名前だから、覚えてもらわなくては困るしね」

――耳元で囁《ささや》かれた名に、秀麗は目を閉じた。この瞬間、一緒《いっしょ》に旅をしていたあの放蕩若様は、ついに消え去った。ここにいるのは怖《おそ》ろしいほど知能的な犯罪者だ。

「……私は琳千夜という名の若様のほうが好きだったんですけれどね」

「悲しいな。朔洵《わたし》は嫌《きら》い？　私は君をとても気に入ってしまったのに。さあ、約束を」

促《うなが》されて、秀麗は唇《くちびる》を噛《か》みしめた。口が、なぜかひどく重い。

かすれ声でようやく告げた名に、朔洵は満足そうな笑みを浮かべた。

「ああ、やっぱり君には香鈴という名は似合わない。紅秀麗のほうがずっといい。綺麗で、凜《りん》として、君にふさわしい。自分でもそう思うだろう？」

「罪もない家族を賊に襲《おそ》わせるような男を、夫にもつ気はありません」

朔洵は面白《おもしろ》そうに笑い出した。そして否定しなかった。

「まったく、お祖父《じい》さまは初めて私の役に立ったよ。君を妻にしろと命じてくれたおかげで、私は君に会いに行く気になった。そうでなければ、『紅家直系長姫《ちょうき》』で『茶州州牧』の女なんかに関心が湧くことなどなかったろうからね」

「あなたは——砂恭で会ったことから全部計算して——」

喉《のど》の奥が詰《つ》まったようになって、声が震《ふる》えるのがわかった。こんなにも——真実を知るのに勇気がいるなんて。この人と過ごしたひと月が砂のように崩れていく——それが、なぜこんなにも。秀麗は胸の前で合わせた両手を、ぎゅっと握《にぎ》り込んだ。

「そうだよ。役人に手を回して、燕青たちを捕《つか》まえさせたのも私だ。あの男なら必ず君一人を残すだろうと思ってね。今まで籠《かご》の中で育てられてきた娘は、一人放りだされてどうするだろうと眺めていたよ。そうしたらまったく予想外のことをしはじめるじゃないか」

泣きもせず、宿屋を出てまっすぐ歩きはじめたところでまさかと思った。こうも早く立ち直って、唯一《ゆいいつ》とも言える絶対確実な方法を瞬時《しゅんじ》に選びぬくとは。しかも往来で店主相手に二胡《にこ》を値切りはじめたと報告を受け、初めてじかに会う気になった。

「たった銀五両の二胡をなんと銀一両に値切っていた娘は、ずいぶん平凡《へいぼん》な娘だった」

「……た、たったですってぇええ。銀五両でいくら米が買えると」

「だけど、誰にも真似《まね》できない特別なものをもっていた」

面白半分に、朔洵は条件を提示した。難曲と言われる五曲を弾《ひ》きこなしてみせること——彼女は、それを完璧《かんぺき》にやってのけた。

「君は知らないだろうね。私が気に入るものを見つけるのは、至難の業《わざ》なんだよ」

秀麗の存在は、見事に朔洵の琴線《きんせん》に触《ふ》れた。二胡も——彼女自身も。

「私の退屈《たいくつ》な心をまぎらわせてくれる。だから、君を殺すことはやめにした。——そう、私は君を殺すつもりで行ったんだ」

こわばる秀麗の頰《ほお》に、朔洵は優《やさ》しく手を触れた。

この人は誰だろう。誰かを殺すという言葉をごく自然に——笑いながら語るこの男は。

「君はとても危険な綱渡《つなわた》りをしていたんだよ、紅秀麗。少しでも選択《せんたく》を誤っていたら、今こうして金華に生きてたどりつけなかったろう。私の張った罠《わな》をうまくくぐり抜《ぬ》けてくれて、とても嬉《うれ》しかった。おかげで隊商を装った茶番も、無駄にならずに済んだからね。お返しに状元と本物の香鈴はちゃんと生かしておいてあげようとさえ思った…のだけどね、気が変わった」

「やめて」

優しかった微笑は、いつのまにか妖艶《ようえん》さとすり替《か》わる。

「いつか話をしたね。私は、特別な人ができたら、躊躇《ちゅうちょ》はしなくなるだろうと」

朔洵は長い指で秀麗の頰にかかる髪《かみ》を払《はら》い、耳のうしろへ梳《す》きやり——そしてそっとその細いうなじをなでた。ぞくりと、秀麗は震えた。何かが、少しずつ違《ちが》ってきていた。

「君はどうやら、私の『特別』になってしまったんだよ。ひと月、私を飽《あ》きさせることのなかったその二胡だけでも、私にとっては価値がある。それなのに君は言ったね。大切な人たちのために お茶を淹《い》れてあげるのだと。それが面白くなかった。だって気に入った相手には、自分だけのものでいてほしいと思うものだろう？」

うなじを押さえられて、秀麗は動くことができなかった。朔洵は慣れた仕草で秀麗を抱《だ》き寄せた。その力は細い体に見合わず、怖ろしいほど強かった。

「面白いね。私は面白いことは大好きだが、今までさほど欲しいものはなかったんだよ。でも君と会って、少しずつ増えてしまった。だから兄にも死んでもらわなくてはならなくなった。今頃《いまごろ》は多分、私が長子の座に繰《く》り上がってるんじゃないかな？」

瞠目《どうもく》した秀麗の髪から、花簪《はなかんざし》を引き抜く。サラリと流れた長い髪の感触《かんしょく》を楽しむように、指先で梳きおろした。

「紅本家にとって、君は宝物のようだから。あの紅家の怒りを真っ向から受けて立つためには、せめて茶家の当主くらいにはなっておかないと。君ときたら無理に抱いたくらいではおとなしくお嫁になってくれるとも思えないし。……それとも、なってくれるのかな？」

急に視界がまわった。どうやったものか、気づいたら秀麗はそばの長椅子《ながいす》に転がされていた。力を込《こ》められてるわけでもないのに、もがくことさえ許されない。

「大丈夫《だいじょうぶ》、大切に扱《あつか》うよ。優しくする」

囁かれて、不意に泣きたくなった。

一緒に旅をした若様を、秀麗は確かに好きだった。ひと月、彼は名前以外、秀麗を騙《だま》していたわけでも、偽《いつわ》っていたわけでもない。ただ完璧に研磨《けんま》された水晶《すいしょう》のように、光の角度で様々に色を変えただけ。嬉しそうに二胡を聴《き》いてくれた彼も、笑顔《えがお》で誰かを殺す話をする彼も。見抜けるわけがない。どれも本当の彼なのだ。だけど今の彼を秀麗は認められない。

「気に入りの……玩具《おもちゃ》で遊ぶように？　まっぴらごめんだわ。何をされたって、私はあなたのものになんかならないわよ」

秀麗の返事に、なぜか満足したように朔洵は笑った。

「そういうと思った。だから今は何もしない。強引《ごういん》にそばに置くのもいいかなと思ったけど、それでは永遠に二胡を弾いてもらえなくなりそうだからね。それに私は、なぜか君に甘露茶《かんろちゃ》を淹れてほしいと思っているんだよ。だから無理強《むりじ》いはしない」

大切な人に淹れてあげるのだと、『特別』な微笑を浮《う》かべていた娘。

その相手に、朔洵は生まれて初めて不愉快《ふゆかい》という感情を抱《いだ》いた。

——この娘は、自分ひとりのものではない。

ずっとそばにいて、毎夜自分のためだけに二胡を弾いて、耳に心地《ここち》よく語りかけてくれた娘にとって、自分はちょっとしたお裾分《すそわ》けで甘露茶を淹れてくれる価値すらもないのだ。

二十九年生きて初めて見つけた『特別』な娘は、自分以外の者を見ていた。それはひどく朔洵の神経に障《さわ》った。だから彼女の大切なものを全部壊《こわ》してやろうと思った。自分にとってただ一人の相手なのだから、彼女にとっての自分も、そうでなければ不公平だ。

「君を大切にしたら、私にも甘露茶を淹れてくれる？　優しくしてあげたら、私のそばにいてくれる？　私は、人から好かれようと思ったことがないからよくわからなくてね」

その言葉に懇願《こんがん》の色はなかった。息がかかるほど近くで響《ひび》いた囁きは、ただ純粋《じゅんすい》な疑問符《ぎもんふ》。

「それとも、君を愛してると夜ごと耳元で囁けばいいのかな」

秀麗の脳裏に、数ヶ月前が甦《よみがえ》る。

『忘れないでくれ。――余がそなたを愛していることを』

優しい言葉だった。ただ待つと言ってくれた。

同じ言葉なのに、なぜこれほど違うのだろう。

「あなたは――私を愛してなんかない。そんなのは違う」

「そうだね。私にもよくわからない。とんと縁《えん》のない言葉だったからね。だけど、誰《だれ》か一人を愛することが怖いと言った君も、その言葉の何がわかっているというの？」

「――――っ」

口ではわからないといいながら、朔洵は自分の心にあるものが何かをちゃんとわかっているようだった。わかっているから、それを否定する秀麗を嗤《わら》う。

「私は珍《めずら》しく誰かをとても気に入って、そばにいてほしいと思っただけだ。特別なお茶を淹れてほしい。特別な二胡を弾いてほしい。そのために邪魔《じゃま》なものがあるのなら消してしまおう。必要なものがあるなら手に入れる――ねぇ、私は生まれて初めて、誰かのために何かをしようと思ったのだよ。それがどんな名の感情でも、私は別に気にしない」

その言葉はあまりに自信に溢《あふ》れていて、秀麗には何一つ返すことができなかった。

こんな嵐《あらし》のような想《おも》いは知らない。優しい想いしか、自分は知らない。必死に踏《ふ》み止《とど》まっていないと、木の葉のように呑《の》みこまれてしまいそうなほどの。

秀麗は必死で自分を立て直そうとした。

「……な、なんでそんなに気に入ってくれたんでしょう……私、何もした覚えないんですが」

「ねぇ。私も不思議だよ。ただ、君といると心地いいんだ。その空気が気に入ってる」

にっこりと朔洵は笑った。

「——どうしても、私のものにはなってくれない？　ちゃんと私も君のものになるよ。望むことはなんでも叶《かな》えてあげる。君のために生きてあげる。だから私のためだけに二胡《にこ》を弾《ひ》いて、お茶を淹《い》れておくれ」

甘い言葉に嘘《うそ》はないのだろう。ただ、その心の在処だけが、常人とは遥《はる》かに遠い。

「……じゃあ、牢屋《ろうや》に入ってくださいと言ったら入ってくれるんですか」

「いいよ。君という名の牢獄《ろうごく》になら、喜んで鎖《くさり》につながれてあげる。君も私につながれて、私だけを愉《たの》しませてくれるのなら、という条件がつくけれど」

「それで、つまらなくなったら脱獄《だつごく》ですか」

朔洵は笑ったきり、答えなかった。脱獄するとき、紅秀麗という牢獄は粉々に破壊《はかい》されているのだろう。そして彼は二度と顧《かえり》みることをしないのだ。自分の興味が失せたなら。

「あなたにとって人の命や人生は、退屈《たいくつ》を紛《まぎ》らわす玩具《おもちゃ》ですか」

「そうだよ。私は自分の命や人生にすら興味がない。だから人に求めるしかないんだ」

でも、と朔洵は秀麗の右手に自分の左手をからめた。

「人というのは、少し遊ぶとすぐに壊《こわ》れる。……ねぇ、命は、ただの命だよ。欠けてしまったらなんの価値もない。その点、君は強い。きっとどんなときも壊れたり自ら死を選んだりすることはないんだろう。だから私は安心して君と遊ぶことができる」

秀麗の物差しでは測れない感覚だった。この世でただ一人の恋人《こいびと》に向けるような微笑を浮《う》かべ、壊れ物を扱《あつか》うように優しく触《ふ》れながら、その言葉ですべてを裏切る。

「馬鹿《ばか》に、しないで。私はあなたと、遊んでる暇《ひま》なんかありません」

そのとき、秀麗は耳に響《ひび》く微《かす》かな音をとらえた。朔洵が小さく笑った。

「ああ、待ち人が来たみたいだね」

「……知ってて、今まで付き合ってくださったんですか」

「言っただろう？　望むことなら叶えてあげる。でもまだ君は私のものではないから、ここまでだ。今まで毎晩二胡を弾いてくれたことへの、ささやかなお礼だね」

朔洵はそっと秀麗の額髪を払《はら》うようにおさえた。頭が固定され、わずかに上向かされる。何をされるかわかっても、秀麗に避《よ》ける術《すべ》はなかった。

複数の足音が近づいてくる。扉《とびら》がひらくのを狙《ねら》ったように、朔洵は秀麗に口づけた。

優しく、激しく、何もかも搦《から》めとろうとする深い口づけには覚えがあった。いや、彼よりもさらに強い意志があった。秀麗の抵抗《ていこう》を、易々と封《ふう》じ込《こ》めてしまうほどの。

まっすぐ頭部へ飛んできた短刀を、朔洵は見もせず軽々と弾き飛ばした。そしてようやく口づけをとくと、扉の前に立つ燕青と――短刀を投げた静蘭を見、くっと唇《くちびる》の端《はし》をつりあげた。

「どうお呼びしたほうがよろしいでしょうか？　〝小旋風〟、それとも殿《でん》――」

もう一本の短剣《たんけん》が空を切った。紙一重で避けつつ、朔洵は愉《たの》しげに笑った。

「ずいぶん短気になられたものだ。ふふ、君は十四年経っても相変わらず面白い。どうやらなにも知らないらしいこのお姫様に免《めん》じて、もう一つの名前は、言わないでおいてあげるよ」

燕青が頭をかきむしった。

「くぁーマジで朔洵だし！　てめぇこの根性曲がりめ！」

「愛しい姫によると私は根性なしらしいから、もう曲がりようがないよ。ああそれから」

朔洵の視線が腕の中の秀麗から、静蘭の上へと戻《もど》る。

「せっかくだから教えようか、〝小旋風〟。十四年前、雪の中で倒《たお》れていた君を晁蓋《ちょうがい》のもとに運んであげたのは私だよ。あれだけできれば充分《じゅうぶん》素質があると思ってね。親切だろう？」

静蘭の全身が総毛立った。あの、地獄《じごく》のような場所に放りこんでくれたのは。

かつての相棒の身体《からだ》から立ちのぼる陽炎《かげろう》のような瞋恚《しんい》と憎悪《ぞうお》に、いけない、と燕青の意識が警告を発する。だめだ、こんなところで怒《いか》りにまかせて我を忘れるのは――。

「静――」

「茈武官！」

だが燕青の制止とほぼ同時に、秀麗の声が室に響いた。

「許します。ここに来た目的を果たしなさい！　後で甘露茶淹れてあげるからっ!!」

驚《おどろ》くほどあっけなく静蘭の瞳《ひとみ》に理性が戻る。腰に佩《お》びた宝剣をすらりと抜き、威嚇《いかく》するようにそれを構えた。

「茶朔洵、王より下賜《かし》された〝干將《かんしょう》〟と主《あるじ》の命において、お前を〝殺刃賊〟煽動者《せんどうしゃ》として捕縛する。州府城の牢にぶち込んでやるから覚悟《かくご》しやがれ」

燕青はホッと表情を緩《ゆる》めつつ、自分も棍《こん》を構えてこっそり耳うちした。

「静蘭、ちょっぴり怒りが語尾《ごび》にでてるぞー。品位品位」

「私は相手に影響されるんだ。あの男、お前よりタチ悪いぞ」

「比べないでくれよぅ」

朔洵は秀麗の頰《ほお》をいとおしむように撫《な》でると、身体を離《はな》した。静蘭を正面から見据《みす》えて、ふわりと捉《とら》えどころのない笑みを浮かべる。

「残念だね。罪状がないよ」

邪気《じゃき》のない声音に、燕青がカッと反応した。

「何だとこの野郎。〝殺刃賊〟を操って琳家皆殺しにして、役人に俺らを追っかけさせて、影月たちをとっつかまえて殺そうとして、実の兄貴殺した上に金華占拠と太守幽閉、無茶な検問かけて、佩玉と印捜させるためだけに商人たちに莫大《ばくだい》な被害を……」

急速に語尾が小さくなった。徐々《じょじょ》に表情を険《けわ》しくした燕青へ、にこやかに朔洵は頷《うなず》く。

「ねぇ？　私は何もしてないだろう？　すべては祖父と〝殺刃賊〟と兄がしたことで、私は金華に行きたいという少女を無事に――それこそ傷一つなく安全に連れてきてあげただけだよ。

印と佩玉に興味あるのはおじいさまで私じゃないし。饅頭《まんじゆう》までいちいち割る瞑祥の熱意に同情して、捜《さが》しても無駄だよって教えてあげるのを控えたのは、認めるけれどね」

「野郎……」

燕青はカッと声を荒《あら》げた。

「朔洵てめぇ！　鴛洵じーちゃんにさんざ心配かけやがって！　菊の邸《やしき》が泣いてんぞ!!」

先王から下賜された茶太保の〝花〟は菊花。この邸は琳家の持ち物ではなく、茶鴛洵のかつての別邸《べつてい》だ。

「……大伯父《おおおじ》さまね。あの人だけはどうにもうるさくて、好きになれなかった」

朔洵は溜息《ためいき》をついた。

「私の遊びを邪魔《じやま》してくれて、色々とつまらない思いをさせられたよ。まあ滅多《めつた》に茶州に帰ってこなかったし、一応意趣《いしゆがえ》返しもさせてもらったから」

「まさか――」

不意に少年の声が響いた。振《ふ》り向いた秀麗が見たのは、自分と同い年くらいの若者。

「まさか――伯父上《おじうえ》と伯母上《おばうえ》を――春姫の両親を殺したのは」

「お前か克洵《こくじゆん》。彼らをここまで案内してきたのは」

合点がいったというように、わずかに眉間《みけん》に皺《しわ》を寄せて朔洵は末弟を眺《なが》めた。

「殺させたのは仲障おじいさま。一族なら誰《だれ》だって知ってる事実だろう？」

「朔洵兄上！」

「私はお前もあまり好きではない。鴛洵《えんじゅん》大伯父さまにいちばん似ているから、けむたい」

瞠目《どうもく》した弟から、燕青たちにちらりと視線を移す。

「さて、私はそろそろ行くよ」

朔洵はまっすぐに秀麗を見た。そして本当に優しい微笑を浮かべた。

「おいで、州都琥璉《これん》へ。待っているよ」

紅秀麗、と彼は囁《ささや》いた。

「忘れないで。私は君を――愛しているよ。君がそれを認めてくれなくても」

『忘れないでくれ。――私がそなたを愛していることを』

「今度会う時は私の本当の名を呼んでおくれ。そのかわいい声で、私の名を聞きたい」

『今度から名前で呼んでくれ』

不思議なほど二人が重なることに、秀麗はようやく気づいた。でも、違《ちが》う。違うはずだ。

「だから逢《あ》いにおいで。待っているから」

優艶《ゆうえん》な仕草で手招く青年を、秀麗は睨《にら》みつけた。

「私は、行かないわ」

「くるよ。君は必ず私に会いに来る。この花簪《はなかんざし》がある限りね」

秀麗の髪から外した簪に、朔洵は唇を寄せた。多くの花や蕾《つぼみ》が連なる美しい玉飾《たまかざ》りの中に、特別な〝蕾〟がまぎれていた。

「見事な出来だね。それにしても〝蕾〟とは、王もなかなか洒落《しゃれ》たことをする」

「……あいにくとそれも贋物《にせもの》なのよ」

「嘘はいけない。でもまあ贋物でも構わないよ。君を偲《しの》ぶよすがにするから」

「あなたは何をするつもりなの――」

「しばらくはおとなしくしているつもりだよ。君が州牧になってくれても全く構わないし」

とん、と朔洵は窓枠《まどわく》に背を預けた。

「君と、君の二胡《にこ》と、しばらくお別れするのは寂《さび》しいけれど、待つのも嫌《きら》いではないんだ。あ
あそうだ、教えてあげる。仲障おじいさまは新しい茶家当主の指輪をつくらせてるよ」

この言葉には、克洵が目を剝《む》いた。

「一族に諮《はか》らずにそんなことを⁉」

「みんなで一つの椅子《いす》を争っているのに、相談なんて無意味だろう。でも勝手につくった当主
印だけでは、他の者が納得しない。おじいさまは傍系《ぼうけい》で血も薄いし、なおさらだ。だから新州
牧が必要なのさ」

秀麗《しゅうれい》を背中に庇《かば》った静蘭へ、朔洵は歌うように言った。

「ねえ〝小旋風〟、君がさっきしたことと同じだよ。官吏《かんり》は王の代理、特に州牧が指名したな
ら、誰もが新当主と認めざるを得ない。だからおじいさまは州牧の印と佩玉をほしがった。意
のままに動く者を州牧に据え、自分を当主に指名させるように」

じゃあね、と朔洵は笑って窓から身を躍《おど》らせた。まず間違いなく絶命する高さから。

思わず秀麗は前へ踏《ふ》みだしかけ――寸前で思いとどまった。

「紅州牧！　御身《おんみ》ご無事でいらっしゃいますか!?」

上品そうな初老の男が官兵を引き連れ、雪崩《なだれ》を打って飛びこんできたのはそのときだった。

朔洵から逃《のが》れえた秀麗は、そのときようやく邸の外が大騒ぎになっていることを知った。きっと今頃は全商連の精兵たちが〝殺刃賊〟の残党を粛清《しゅくせい》しているだろう。だがこれほどの騒ぎに、秀麗はまるで気づいていなかった。神経のすべてをあの男に注いでいたのだ。

かすかに震《ふる》える秀麗を支えながら、静蘭はその様子を注意深く見つめていた。

「ちっとばかり遅かったぞ柴《さい》のじっちゃん」

「浪州牧……でなく浪補佐！　私がいたらぬばかりにこのような……新州牧におかれましては、もはやお詫《わ》びのしようもございません！　この責はこの身をもって贖《あがな》いを」

「柴太守……でいらっしゃいますね」

思ったよりも落ち着いた声が出た。まるで自分の声ではないかのように秀麗には思えた。

「幽閉されていたにもかかわらず、まっさきに駆《か》けつけてくださったそのお心を嬉《うれ》しく思います。金華は大切な街です。私たちの州牧印及び茈武官の権限をもって事態の収束と平定に当たりたいと思っておりますが、よろしくご指導願えますでしょうか？」

「は……」

柴太守は一瞬呆《ほう》け、次に燕青をちらりと見やり、笑みとともに深々と膝《ひざ》をついた。

「杜州牧と同じことをおっしゃる。わたくし金華太守柴進《さいしん》ならびに金華全民、遅ればせながら、両州牧のご赴任《ふにん》のお慶《よろこ》びを申し上げます」

ざっと、背後の官兵たちもそろって膝をついた。

「……お礼を……」

言いかけて、それが秀麗の限界だった。ギリギリまで張りつめていた糸がぷつりと切れ、静蘭の胸に倒《たお》れ込む。

外では雨が降りはじめていた。雷鳴《らいめい》が轟《とどろ》き、寸時に豪雨《ごうう》となった。すべてがまだ始まりに過ぎないことを暗示するかのように、その日は深夜まで雷雨がやまなかった。

茶朔洵はその日、金華から忽然《こつぜん》と姿を消した。

終章

劉輝《りゅうき》は顔を上げ、傍《かたわ》らに置かれた宝剣〝莫邪《ばくや》〟を見つめると、つと手にとった。

鞘《さや》から刀身をわずかに引き抜けば、びりびりと気を打つ振動が胸に響くような気がした。

なにごとかあったのだろうか。長い年月、宝物庫で昏々《こんこん》と眠りつづけていたこの双剣《そうけん》の片割れ〝干将《かんしょう》〟は今、茶州の空の下にある。

「……兄上」

茶州は遠い。紫州を離れられぬ身では、ただ祈るしかできない。大切な人々の、無事を。

この想いが遥《はる》かなる茶州の都に届くように。

どうかご無事で、兄上。あなたにしか、最愛の女《ひと》は託《たく》せないから。

◉　❋　◉　❋　◉

生き抜かなければ負けだった。送り込まれる刺客《しかく》をことごとく返り討ちにし、すべてを完璧《かんぺき》にこなし、妃嬪《ひひん》や兄弟を嫣然《えんぜん》と見下ろさねば、おのが誇《ほこ》りが許さなかった。

薄暗く血臭《けっしゅう》に満ちた道を歩いていた。振り返れば屍《しかばね》の山ができた。そのことに心動かされることはなく、計算と、穏《おだ》やかな微笑《びしょう》と、ためらわず殺すことだけがうまくなった。

『兄上……』

かつて自分を救ってくれた幼い声があった。ともに過ごせたのはほんの数年。ただあの声だけが、かろうじて自分を人の世につないでくれた。

はにかむような笑顔に、どれほど心慰《なぐさ》められたことだろう。差しのべた手をぎゅっと握《にぎ》り返した小さな紅葉《もみじ》のような手を、何度愛《いと》しいと思ったか。

『兄上……また、おいでください、ね』

果たせなかった約束。自分だけにすがる声と笑顔。

たとえ奈落《ならく》に沈《しず》んでも、誇りの意味さえなくなっても。あの地獄《じごく》のような場所でそれでも生き続けたのは、たった一つの光が残されていたから。――もう一度、会いたいと。

だが〝殺刃賊《さつじんぞく》〟を壊滅《かいめつ》させたあと、瀕死《ひんし》の自分を案じる燕青の手すら振り払《はら》い一人さまよった。今度こそ死んでも構うまいと思った。いいや、あのままいけば確実に死んでいた。けれどそんなとき、もう一つの光に出会ったのだ。

『決めたぞ。そなたの名は、茈静蘭《しせいらん》じゃ』

差しのべられた手。凍《こご》えた冬の大地に注がれる朝日のような笑顔。

血まみれで、表情も言葉も失った少年を、何のためらいもなく拾い上げた温かな家族。

『せいらん』

そうして、今度は幼い娘《むすめ》の声に救われることになる。

優しい時を、暖かな居場所を、与《あた》えられ。惜《お》しみない愛情をそそいでくれた。そして辛抱強《しんぼうづよ》く待ちつづけてくれた。もはや生きる価値もないと思いつづけていた自分を。

そうして、かつて何もなかった手のひらに、いつのまにか握《にぎ》りしめるものができた。

大切なものはあふれるほどに。

・❋・❋・

「はあ、またキョーレツなのが出てきちまったなぁ」

二胡《にこ》の音が響いてくる。あの暖かな室には、今頃甘い甘露茶《かんろちゃ》の香《かお》りが漂《ただよ》っているのだろう。

燕青《えんせい》はストンと静蘭の隣《となり》に腰を下ろした。

「いいのか静蘭？　行かなくて」

静蘭は答えなかった。ただ黙《だま》って美しい二胡の音に耳を傾《かたむ》けていた。

「香鈴嬢《じょう》ちゃんも元気になったし、金華の全商連も味方についたぜ」

「……お前は全商連がこちら側につくことを見越していたんだな」

「いや、まー、できたらいいなぁってくらいだったけど。しかしあの派手なお兄ちゃんが藍《らん》将軍の弟とはねぇ……ホントいろんな意味ですげぇよな。ほいお裾《すそ》分《わ》け」

燕青は甘い香りの漂う湯呑《ゆの》みを差しだした。静蘭は差し出された片方と燕青の手許の器を二つともつかむと、あっというまに飲み干した。

「うわお前俺の分まで飲むか⁉」

「……甘い」

それは茶の味を指しているのか、それとも燕青自身に向けているのか。

まあどっちでもいいけどな、と口中で呟《つぶや》いて、燕青はふと真顔になった。

「なぁ静蘭、俺、ずっと後悔《こうかい》してたんだ。なんであのとき、お前から離《はな》れちまったんだろうって。傷薬探しに行くんじゃなくてさ、お前担《かつ》いでお師匠《ししょう》のところへ行けば良かった。ちょっと目ぇ離した隙《すき》に消えちまったの見て、俺自分の頭をタコ殴《なぐ》りにしたぜ」

一人にしたのが間違いだったと。身も——心もボロボロだったのに。

「俺さ、お前の名前も知らなかったけど」

決して教えてくれなかった。あのときの彼に名乗る名前がなかったからだと今はわかる。

ともに過ごしたのは本当に短い間。夏が来て、やがてゆき過ぎるまでの。

「お前といいダチになれるぞって思ってさ。一緒《いっしょ》に行くんだって信じてた」

静蘭は小さく笑った。

「あのときの私を見てそう思える呑気《のんき》な頭の持ち主は、後にも先にもお前だけだろうよ」

「俺は度量が広いの。……でも、だから、お前がいっちまってめちゃめちゃしょげた。あっちこっち捜《さが》しまくったけど見つかんなくて。でもお師匠が『死体がないなら生きとるわ！』っていうから、ああそうかもって思ってさ。そんでさ、そんとき決めた。もし——もしもう一度会えたら、今度は何があってもくっついてようって」

それが彼の決意だった。そしてその広い背中で瞑祥から、過去の亡霊から庇《かば》ってくれた。

本当は知っている。この男の存在にも、自分は救われていたのだ。昔も——今も。

「……悪かったな。瞑祥《めいしょう》もらって。お前の仇《かたき》の一人だったんだろう」

「ん？　あーいーのいーの。俺は晁蓋《ちょうがい》だけ殺《や》れればよかったし、とっくにふっきれてらぁ」

「だが、怒《おこ》っていただろう？」

ああ、と燕青は頭をかいた。

「違《ちが》う違う。怒ってたのはさー、言うの照れるけど、あいつが性懲《しょうこ》りもなくお前にちょっかいだそうとしやがったからだって。やんなっちゃうよなー、トシ喰《く》うと執念深くなって」

眉《まゆ》を寄せてみせる気の好《い》い男に、静蘭は屈託《くったく》なく笑った。昔の姿からは考えられないその笑顔に嬉しげに笑みを返すと、燕青はぽんぽんと静蘭の肩《かた》を叩《たた》く。

「なあ、あんまりしょげるなよ。お前のほうが朔洵よりいい男だって」

「あたりまえだ、誰がしょげるか。怒ってるんだ」

「姫さんに？」

「馬鹿《ばか》。あのくそったれ男と……自分にだ」

静蘭は目を閉じた。

二胡の音が、静かに流れて、消えた。

時は少し遡《さかのぼ》る。

「秀麗様ぁああああ!!」

目を覚ました秀麗は、涙《なみだ》でぐちゃぐちゃになった香鈴に思いっきり抱《だ》きつかれた。

「わぁっ！　こ、香鈴……無事で良かったわ」

「それはわたくしの台詞《せりふ》です！　丸一日お眠《ねむ》りになるなんて！」

ぐすぐすと鼻をすする香鈴に、医師役の影月がおっとりと解説を加える。

「だからー、疲《つか》れて寝《ね》ているだけだって言ったじゃないですかぁ。長旅で身体《からだ》を休める暇《ひま》もなくあんなことになってしまったんですから」

香鈴はキッと影月を睨《にら》んだ。

「とっとと出てお行きなさい！　もうわたくし一人で充分《じゅうぶん》ですわこの藪《やぶ》医者！」

「あ、えー、……はい。すみません……」

影月はすごすごと引き下がった。

「ど、どうしたの香鈴、ずいぶん冷たくない？」

「だって秀麗様！　ひどいんですのよ聞いてください！　お酒を召《め》して倒《たお》れてしまったので介《かい》抱《ほう》してさしあげていたら、いきなり睨みつけて『邪魔《じゃま》だ馬鹿《ばか》女《おんな》、どけよ』なんて言い放ったんですのよ！」

秀麗は出された茶を噴きそうになった。

「…………あ、ああ。いや、それはね」

「もう知りませんわあんな人！　わたくしが悲鳴上げても『うるさい癇《かん》に障《さわ》る。それ以上わめくと殴って気絶させるぜ』なんて！　あの方ったら天然ぼけのふりして、わたくしを騙《だま》していたんですのよ！　大の男を次から次に殴り飛ばして――最低の暴力男ですわ！」

カッカと怒る香鈴を見て、秀麗は思わず笑いだした。〝陽月《ようげつ》〟の登場は影月にとって、不名《ふめい》誉《よ》な事態を引き起こしてしまったようだ。

「秀麗様、笑いごとじゃありません！」

「だってこんなに元気な香鈴見るの久しぶりだから。影月くんに感謝しなくちゃ」

はっと我に返って香鈴は口許《くちもと》を押さえた。慌《あわ》てて一歩辞そうしたその腕を、秀麗はしっかり摑《つか》んで引き寄せた。

「ねぇ香鈴、笑ってちょうだい」

囁《ささや》いた秀麗に、香鈴の瞳《ひとみ》がこぼれんばかりに瞬《またた》いた。秀麗はもう一度言った。

「笑ってちょうだい。私、あなたの笑顔が好き」

「わ…笑うなんて」

「香鈴、私、あなたに時間をちょうだいといったわね。でも怒ってたんじゃないの。すべてを晒《さら》したあなたの覚悟《かくご》に返せる言葉を、私はもっていなかった。でも今なら言える。笑ってちょうだい。さっきみたいに怒ってもいいわ。だって私、やっぱりあなたが好きだもの」

「わた、わたくしは」

「少しずつでいいの。また私のそばにきてくれたら、嬉《うれ》しいわ」

香鈴の黒目がちの双眸《そうぼう》から、再び涙が溢《あふ》れた。秀麗はいたわるように笑いかけた。

「一生懸命《いっしょうけんめい》、私のかわりをしてくれてありがとう。いちばん危険だったのに」

「お芋《いも》を……」

「は？」

唐突《とうとつ》な単語に、秀麗のほうがきょとんとする。香鈴は袂《たもと》で涙を拭《ふ》き、必死に言葉を継《つ》いだ。

「秋になったら、土筆《つくし》のかわりにお芋をたくさん掘《ほ》ってきます。冬には暖かい肩掛《かたか》けを編みます。また春になったら、今度はちゃんと土筆をとってきますから！……だから、だから……ずっと、おそばにいさせてください」

秀麗は頷いた。

「楽しみにしてるわ。あ、でも肩掛けは影月くんにつくってあげて」

「なんでですの！」

速攻《そっこう》で香鈴が反駁《はんばく》する。

「え、いや、国試のとき、藁簑《わらみの》もってきてたし。いくらなんでもと思って綿入れ貸してあげたらすごく感激してたから、そのままあげようと思ったんだけど、頑《がん》として受けとらなかったのよね。贈《おく》り物《もの》なら受けとるだろうから、あげて欲しいなって思ったんだけど……」

なぜか香鈴は押《お》し黙《だま》った。そしてぷいとそっぽを向いた。

「あんな人、藁簑で充分ですわ！　……糸が…余ったらついでに編んでもいいですけど！」

秀麗は笑いをこらえるのに必死だった。そしてふと思う。

「ねぇ香鈴、本当に純粋《じゅんすい》な意味で訊《き》くわ。茶太保はあなたにとってどういう人だったの？」

香鈴は少しく目を瞠《みは》り、ややあってポツリと呟いた。

「……わたくしのすべてでした。何もかも、わたくしはあのかたからいただきました。あの方のためになるなら何をも惜《お》しむまいと――命すらなげうっても後悔はしないと」

「それは、恋《こい》？」

じっと自分の指先を見つめ、香鈴は首を横に振《ふ》った。

「わかりません。想《おも》いがあまりに大きすぎて、名前などどうでもよかったのです。ただ、あの方のために在りたかった。罪に手を染めることも厭《いと》わなかった。だから多分……恋という言葉には似つかわしくない想いです」

それで、と香鈴は苦笑《くしょう》した。

「わたくし、自分がこの世でいちばん、鴛洵様をお慕《した》いしてると思ってました。でも違いました。大奥様には到底《とうてい》かないません」

「……縹英姫《ひょうえいき》様？」

「はい。わたくしの想いなど、ちっぽけなものでした。あのあと、頭の中の霧《きり》が晴れたときのことをはっきりと覚えてます。英姫様はぼんやりしていたわたくしを覗《のぞ》き込まれて、こうおっしゃったんです。……『娘《むすめ》、その若さで鴛洵を選ぶとは、なかなか見る目があるではないか。この私が選んだ国一番の男ゆえ、その気持ち、痛いほどわかるぞ。だが苦労したな。あれは最高の男だが、女にとっては最低の恋人だからな』。それが大奥様の最初の言葉でした」

「……すごい豪快《ごうかい》な人ね……」

「はい。『あれを愛してくれてありがとう』っておっしゃった大奥様に、ああこの人が鴛洵様の一番なんだって心底理解しました。遠く離《はな》れていても、あの方々は決して揺《ゆ》らがなかった」

離れていても想い合える愛がある。一方で、互《たが》いを束縛《そくばく》するのも愛だというならば。

「……そうか。いろいろな形があるのよね」

「秀麗様？」

「ううん、なんでもない。そろそろ起きないとね」

秀麗が身を起こした時、入室の許可を求める声が聞こえた。

「お元気になられたようで、良かったですね」

燕青の先導で入ってきたのは、全商連で声をかけてきたあの人なつこそうな青年だった。

「お嬢《じょう》さん、見事に約束を果たしてくれてありがとう。個人的にも父を助けてくれて御礼《おれい》申し上げる。改めまして、僕は柴彰《さいしょう》、全商連の金華特区長です」

柴というと、たしか金華の知事がそんな名前だったような。――ということは、って。

「……はい？」

「君たちほど若くないから、そんなに驚《おどろ》かれるとちょっと傷つくな」

絶句した秀麗の耳に、燕青がこそっと囁いた。

「……や、ほんと、こいつが全商連金華特区長なんだ。ちなみにコレの双子《ふたご》の姉貴は琥璉《これん》で全商連州支部長やってる。茶州第一の商業の都・金華の特区長ってことは、茶州全商連の副支部長でもあってさ。つまり茶州の商業はこの姉弟《きょうだい》が仕切ってるわけだ」

全商連は実力重視の実利主義と聞く。柴彰はせいぜい二十代後半といったところか。この若さでその肩書《かたが》きをもつというだけでも、彼が凄腕《すごうで》の商人であることは秀麗にもわかった。

「お父ちゃんはちゃんと家業継いで立派な金華太守やってんのに、なんでか子供はそろってごうつく商人になっちゃってなー」

「聞こえてるよ浪補佐《ほさ》。何か文句があるのなら、うちから借りてるお金、即金《そっきん》で全額返済してもらいましょうか」

柴彰の口から出た借金という言葉に、秀麗は即座《そくざ》に反応した。

「なんですって、燕青借金してんの!?　いやーっ最低！」

「え!?　いや違《ちが》——違うんだよ姫《ひめ》さん濡《ぬ》れ衣《ぎぬ》なんだって！　つか彰！　なんでお師匠《ししょう》の借金が俺に回ってくんだよ！」

「あなたのお師匠様が、全部あなたのツケにしてるからに決まってるでしょう。こちらも州牧からのほうが取り立てしやすいし。でも補佐に転落したんなら実入りも下がるから、あとで返済案を修正しないと。いやぁ、本当にあなたはお得意様ですよ浪補佐。ご利用は計画的に」

「借りてんのは俺じゃねー!」

「ところで紅州牧」

隣《となり》でぎゃんぎゃん騒《さわ》ぐ燕青を軽くいなした柴彰は、巧《たく》みに人なつっこさを装った商人の顔で秀麗に笑いかけた。

「約束を果たしましょう。金華全商連は新州牧のために八割の力を尽《つ》くすことを誓《ちか》います」

「は、八割……さすが商人……」

力添《ちからぞ》えまでもきっちり値切る。ある意味正直ともいえるが。

「いつでも緊急《きんきゅう》事態に対応できる余力を残すのが、我々の基本ですから」

だがその考え方は嫌《きら》いではない。倹約《けんやく》上等の秀麗の主義にも一致《いっち》する。

「姉ともつなぎをとりましょう。潤沢《じゅんたく》な資金もご用意します。無論見返りは頂戴《ちょうだい》しますが」

「姫さん、騙されるな! 俺みたいに身《み》ぐるみ剝《は》がれるぞ!!」

燕青の茶々に構わず、秀麗はじっと柴彰を見つめた。青年は笑顔だったが、真剣《しんけん》だった。

「……私たちに払《はら》えるものですか?」

「州牧としての力を尽くして払っていただきます。だから手をお貸しするのです。彩雲国全州でもっとも薄汚《うすぎたな》い賄賂《わいろ》と因習と一族の横暴がまかり通るこの茶州で、私たち全商連がより良く商売を行えるように治をととのえて頂くことでお代とさせて頂きます。いかがですか」

秀麗はややあって小さく笑った。

「後払《あとばら》いなんて、気前がいいですね」

「一見のお客様は大切にしなくては。でも取り立てに手は抜《ぬ》きませんよ」

「影月くんに相談しても同じ答えになるでしょうね。……燕青、着任前から大借金王になりそうだわ。助けてくれる?」

燕青は遠い目をした。

「彰に尻叩《しりたた》かれながらじゃ、相当がんばらねーとおっつかねぇぞ姫さん」

「望むとこじゃないの。なんだったらあなたのツケも上乗せしてもらったら?」

「う、ダメ。それダメ。お師匠のツケは永遠に積もりつづけるから返せねぇ」

柴彰はくすりと笑った。袷《あわせ》から珍《めずら》しい鎖《くさり》つき眼鏡《めがね》をとりだしてかける。

瞬時《しゅんじ》に彼は大商人に変貌《へんぼう》した。

「商談成立ですね。それでは琥璉出発へ向けて詳細《しょうさい》をつめましょう。杜《と》州牧にはうちの父と一《いっ》緒《しょ》に、騒動《そうどう》の収拾に当たっていただいているので、まずはあなたと」

「はい。……ね、燕青、そういえば静蘭はどこ?」

燕青はぎくっとした。そしてじっと秀麗を見る。

「な、何よ。なんかついてる?」

「なあ姫さん、約束、覚えてるよな?」

静蘭は目の前でそそがれる甘い香《かお》りの漂《ただよ》うお茶に、ふと眼を細めた。

このお茶は、静蘭にとって特別なものだった。


「お嬢様……」

「なに？」

「私はお嬢様の『特別』ですか？」

「ええ」

秀麗は迷わず頷《うなず》いた。

「ではあの男は？」

「……え？」

「お嬢様を愛していると言ったあの男はお嬢様にとって何ですか？」

注がれる茶が、とぎれた。

長すぎる沈黙《ちんもく》を、静蘭は辛抱《しんぼう》づよく待った。やがて秀麗はポツリと呟《つぶや》いた。

「……あの人、劉輝と似てたわ」

「似ていません」

「いいえ、酷似《こくじ》してた。子供のようで大人だった。でも正反対だった」

「だから?」

「……ずいぶんと、印象に残る人だったわね」

つとめて平静に秀麗は言ったが、静蘭はその声の中に、ためらいと困惑《こんわく》を嗅《か》ぎとっていた。

「お嬢様は一度もあの男の本名をおっしゃいませんね。認めるのがいやですか? 彼が茶本家の人間であることを」

「別にそういうわけじゃ」

静蘭は湯呑《ゆの》みに手をつけなかった。

「私にまで、嘘《うそ》をつかれるとは珍しい」

「……静蘭」

「でも、あの男はだめです。他の誰でも、あの男だけは危険すぎる」

静蘭も嘘をついた。秀麗と、彼自身に。

こんな――はずではなかったのに。こんなふうに自分の心と真正面から向き合うことになる相手は、茶朔洵などではなかったのに。

そして、そのときにはまだ間があると思っていたのに――。

「あの男は底知れない闇《やみ》です。引きずられないでください。惑《まど》わされないでください。誰よりお嬢様を愛しているなんて、そんな言葉は嘘です」

冷めかけた甘露茶《かんろちゃ》に目もくれず、静蘭は立ちつくす少女を見上げた。

「……髪《かみ》を、結《ゆ》っていませんね。あの男に何か言われましたか」

秀麗の肩《かた》が震《ふる》える。そんなわずかな動揺《どうよう》を見逃《みのが》せなかった自分に、静蘭は軽く舌打ちした。

「いつかあなたも恋をする。それはずっと前からわかっていました」

手を伸ばして摑《つか》んだ指は、白くなめらかな姫君のそれではない。けれどこの荒れた両手を誰より愛しいと思う。静蘭は立ちあがると、秀麗を抱きしめた。

「でも相手があの男なら、私のほうがずっとましです。そう思いませんか。負けてるのは性格の悪さくらいです」

「……せ、性格の悪さって」

「あなたには幸せになってほしい。私はそのためだけにそばにいる。だから……あの男だけは許さない」

静蘭はそっと腕をとくと、秀麗の反応を待たずに室を出た。

冷めかけた甘露茶からたちのぼる甘い香りが、頼《たよ》りなげに室に漂っていた。


外廊をしばらく歩いたところで、静蘭は急に立ち止まり、壁《かべ》を殴《なぐ》りつけた。

「――茶《さ》朔洵《さくじゅん》」

静蘭の目が怒《いか》りに燃えた。

「この私相手に、よくぞ喧嘩《けんか》を売った」

こんなことなら…と思いかけて自嘲《じちょう》する。愛する少女を弟から奪《うば》わなかったのは、ただ時を待っていたからだ。――横やりを入れてくる者がいるなどとは、思いもよらず。

「私を清苑と知ったうえでの、その度胸だけは褒《ほ》めてやる」

相手に不足はなかった。

(叩《たた》きつぶしてやる)

● ❋ ● ❋ ●

誰もいなくなった菊《きく》の邸《やしき》。その奥の室に霄《しょう》太師はいた。

「はじまったようだの」

「久しぶりの里帰りじゃろ」

呟いて小箱を開けると、一人の青年がふわりと姿を現した。かつてこの邸の主であった茶鴛《えん》洵《じゅん》は、帰郷をなつかしみもしなかった。その鋭《するど》く秀《ひい》でた顔が厳しさを増す。

「朔洵が……動き出したか。たった十五で〝殺刃賊《さつじんぞく》〟を掌《てのひら》の上で弄《もてあそ》んだ男……」

「お前や英姫にさえ、ぎりぎりまで気づかせなかったとは、いっそ見事よの」

「あの才――うまく育てさえすれば、私など遥《はる》かに超《こ》える官になれたものを」

「はは、そりゃ無理じゃ」

笑い飛ばされて、鴛洵はぴくりと眉《まゆ》を動かした。

「……なんだと?」

「朔洵ごときにお前をしのぐことはできん。あやつには決定的に欠けているものがある。その可能性をもつのは朔ではない。わかっておろう？」

「……だが、あれは優《やさ》しすぎる」

「馬鹿《ばか》じゃのう。そういうところはお前とて全然負けておらんわ」

さて、と霄太師は、小箱におさまった指輪を見た。

「これの行き先は？　英姫か、新州牧たちか、それとも鄭悠舜《ていゆうしゅん》のところかの？」

鴛洵は、悪友の耳もとへすいと身を寄せ、囁《ささや》くように行き先を告げた。

あとがき

皆様《みなさま》、今年の夏は無事に乗り切れましたでしょうか？　前回は地獄《じごく》の淵《ふち》をのぞいたと思いましたが、今回は天国に足を踏《ふ》み入れた感じの雪乃紗衣《ゆきのさい》です。頭の中は「アハハウフフ(涙)」、幸せ一杯《いっぱい》ではないところからして、通常のお花畑天国とは少々違《ちが》うところへ踏みこんでしまったようです。……真夏でもコタツ出てたもんな……片づける暇《ひま》もココロの余裕《よゆう》もなくて……。

というこことで、彩雲国四冊目です。

この巻は茶州《さしゅう》前編といった感じです。しかし今回陰《かげ》の主役はにーちゃんズ。今巻では少しだけ静蘭《せいらん》と燕青《えんせい》の過去が垣間《かいま》見えます。にしても燕青、彼はすごいです。どれほどシリアスだろうがあの男がいるだけであっというまにコメディになる……そしてどんどん静蘭の口調が崩《くず》れていく……。現在の静蘭があの一面を見せるのは燕青だけでしょう。

劉輝《りゅうき》たち王都組は、……えー、まあ前回出ずっぱりだったから……(おい)。時が過ぎ、一年前とは様々なものが変わっていきます。秀麗《しゅうれい》自身にも変化は訪《おとず》れます。次もおそらく茶州のお話になると思います。もう少しだけお付き合いくだされば幸いです。

お手紙、いつも嬉《うれ》しく拝見させて頂いております。なのに……い、いきなりお返事が滞《とどこお》ってしまいました……。ああーごめんなさい！　気長にお待ちくださると嬉しいです……(涙)。

そういえばお手紙の中で、彩雲国のキャスティングをしてくださる方もちらほらいらして。

声優さんにはやや疎《うと》かった私なのですが、それを機にちょっと探して聞いてみたりして楽しみが増えました。もし皆様のオススメがありましたら、ぜひ教えてくださいませ。

あ、あと彩雲国の読者様年齢《ねんれい》層は幅広いです。十通に一通くらいは「おそらく私が最年長では」といった内容のお手紙を頂くのですが、……大丈夫《だいじょうぶ》です！　気になさらないでどしどしご応募…ではなく、気軽にお手紙を頂ければなぁと思います。その、申し訳なくもお返事は遅《おく》れてしまっていますが、頂くお手紙はどれも本当に嬉しく、これがなかったら書いていけないと正直思います。特に私は単純ですので、嬉しいお手紙が届いたらやる気倍増です(笑)。

そうそう、十二月には雑誌「The Beans《ザ・ビーンズ》」（VOL・4）で、彩雲国の短編を書かせて頂けるようです。時はまだ秀麗たちが城下にいるころで、もしかしたら楸瑛《しゅうえい》の弟、藍龍蓮《らんりゅうれん》が何げにメインを張るかもしれません。いや、まだ未定ですが。

最後に、由羅《ゆら》カイリ様……いつも私のとばっちりを受けてらっしゃるのに(涙)、もう勿体《もったい》ないほど美麗なイラストを毎回本当にありがとうございます。

それではまた、次の機会に皆様にお会いできることを祈《いの》って。

雪乃紗衣

「彩雲国物語　想いは遙かなる茶都へ」の感想をお寄せください。
おたよりのあて先
〒102-8078　東京都千代田区富士見2-13-3
角川書店アニメ・コミック事業部ビーンズ文庫編集部気付
「雪乃紗衣」先生・「由羅カイリ」先生
また、編集部へのご意見ご希望は、同じ住所で「ビーンズ文庫編集部」
までお寄せください。

彩雲国物語《さいうんこくものがたり》 想《おも》いは遙《はる》かなる茶都《さと》へ

雪乃紗衣《ゆきのさい》

角川ビーンズ文庫　BB46-4　13524

平成16年10月1日　初版発行
平成18年10月15日　15版発行

発行者——井上伸一郎
発行所——株式会社角川書店
東京都千代田区富士見2-13-3
電話／編集（03）3238-8506
営業（03）3238-8521
〒102-8177　振替00130-9-195208
印刷所——暁印刷　製本所——本間製本
装幀者——micro fish

ISBN4-04-449904-7 C0193 定価はカバーに明記してあります。